比较文学与世界文学 研究丛书

主编 曹顺庆

初编 第 **11** 册

中西文化话语四大模式比较（上）

徐扬尚 著

花木兰文化事业有限公司

国家图书馆出版品预行编目资料

中西文化话语四大模式比较（上）／徐扬尚 著 —— 初版 —— 新
北市：花木兰文化事业有限公司，2022〔民111〕
目 4+112 面；19×26 公分
（比较文学与世界文学研究丛书 初编 第 11 册）
ISBN 978-986-518-717-0（精装）
1.CST：语汇 2.CST：比较研究 3.CST：中国文化
4.CST：西洋文化
810.8   110022064

ISBN-978-986-518-717-0

比较文学与世界文学研究丛书
初编 第十一册   ISBN：978-986-518-717-0

中西文化话语四大模式比较（上）

作　　者 徐扬尚
主　　编 曹顺庆
企　　划 四川大学双一流学科暨比较文学研究基地
总 编 辑 杜洁祥
副总编辑 杨嘉乐
编辑主任 许郁翎
编　　辑 张雅淋、潘玟静、刘子瑄　美术编辑 陈逸婷
出　　版 花木兰文化事业有限公司
发 行 人 高小娟
联络地址 台湾235 新北市中和区中安街七二号十三楼
　　　　　电话：02-2923-1455 ／ 传真：02-2923-1452
网　　址 http://www.huamulan.tw 信箱 service@huamulans.com
印　　刷 普罗文化出版广告事业
初　　版 2022 年 3 月
定　　价 初编 28 册（精装）台币 76,000 元　　　版权所有 请勿翻印

中西文化话语四大模式比较(上)

徐扬尚 著

作者简介

徐扬尚，文学博士三级教授，南通大学比较文学学科带头人、硕士生导师，现为南宁数字科技学院教授，中国比较文学教学研究会首任秘书长，中国外国文学教学研究会常务理事，教育部学位中心评审专家。

出版专著《比较文学中国化》（2013）、《中国文论的意象话语谱系》（2012）、《明清经典小说重读》（2006）、《中国比较文学源流》（1998）、《〈红楼梦〉的精神分析与比较》（1996）等10部；主持并完成国家和省部级社科规划项目5项；发表CSSCI期刊论文数十篇，人大报刊复印资料全文转载或《新华文摘》等报刊摘编十数篇。

提　　要

如果说"失语"的近现代西方学者、传教士以及爱其影响的中国文化革命精英的"中国叙述"，就是遵从西方文化话语，从而造成中国文化话语缺席的解读与言说，那么，所谓"中西文化话语"，那就是由"习惯以非我的话语言说自我、互为中心"的话语模式，"青睐天人物我合一、相反相成"的认知模式，"倾向人文思维、太极思维"的思维模式，"一元暨多元、二元互包互孕"的哲理模式等四个层面共同构成的中国文化话语"一元暨多元主义"，由"习惯以自我的话语言说非我、自我中心"的话语模式，"青睐天人物我自立、合作竞争"的认知模式，"倾向科学思维、逻辑思维"的思维模式，"一元暨中心、二元对立统一"的哲理模式等四个层面共同构成的西方文化话语"一元暨中心主义"。

与之相应，所谓"赢得民族文化话语权"，就是赢得中国文化话语的国际认同。所谓"西方学说中国化"，就是实现中西文化话语转化，对西方学说予以贯彻中国文化话语的重读与重写。所谓"中华民族文化共同体"与"东亚文化共同体"，就是建构在中国文化话语认同基础之上的民族文化与地区文化的多元集合。所谓中国现代化诉求用"中国方式"讲"中国故事"，就是中国现代化诉求的言说与书写，贯彻中国文化话语。弘扬传统文化与学习西方文化，不能断章取义，须由"用"至"体"，从文化知识到文化话语，彻底弘扬！彻底西化！

教育部人文社会科学研究项目成果

（20YJA850009）

比较文学的中国路径

曹顺庆

自德国作家歌德提出"世界文学"观念以来，比较文学已经走过近二百年。比较文学研究也历经欧洲阶段、美洲阶段而至亚洲阶段，并在每一阶段都形成了独具特色学科理论体系、研究方法、研究范围及研究对象。中国比较文学研究面对东西文明之间不断加深的交流和碰撞现况，立足中国之本，辩证吸纳四方之学，而有了如今欣欣向荣之景象，这套丛书可以说是应运而生。本丛书尝试以开放性、包容性分批出版中国比较文学学者研究成果，以观中国比较文学学术脉络、学术理念、学术话语、学术目标之概貌。

一、百年比较文学争讼之端——比较文学的定义

什么是比较文学？常识告诉我们：比较文学就是文学比较。然而当今中国比较文学教学实际情况却并非完全如此。长期以来，中国学术界对"什么是比较文学？"却一直说不清，道不明。这一最基本的问题，几乎成为学术界纠缠不清、莫衷一是的陷阱，存在着各种不同的看法。其中一些看法严重误导了广大学生！如果不辨析这些严重误导了广大学生的观点，是不负责任、问心有愧的。恰如《文心雕龙·序志》说"岂好辩哉，不得已也"，因此我不得不辩。

其中一个极为容易误导学生的说法，就是"比较文学不是文学比较"。目前，一些教科书郑重其事地指出：比较文学不是文学比较。认为把"比较"与"文学"联系在一起，很容易被人们理解为用比较的方法进行文学研究的意思。并进一步强调，比较文学并不等于文学比较，并非任何运用比较方法来进行的比较研究都是比较文学。这种误导学生的说法几乎成为一个定论，

一个基本常识，其实，这个看法是不完全准确的。

让我们来看看一些具体例证，请注意，我列举的例证，对事不对人，因而不提及具体的人名与书名，请大家理解。在 Y 教授主编的教材中，专门设有一节以"比较文学不是文学比较"为题的内容，其中指出"比较文学界面临的最大的困惑就是把'比较文学'误读为'文学比较'"，在高等院校进行比较文学课程教学时需要重点强调"比较文学不是文学比较"。W 教授主编的教材也称"比较文学不是文学的比较"，因为"不是所有用比较的方法来研究文学现象的都是比较文学"。L 教授在其所著教材专门谈到"比较文学不等于文学比较"，因为，"比较"已经远远超出了一般方法论的意义，而具有了跨国家与民族、跨学科的学科性质，认为将比较文学等同于文学比较是以偏概全的。"J 教授在其主编的教材中指出，"比较文学并不等于文学比较"，并以美国学派雷马克的比较文学定义为根据，论证比较文学的"比较"是有前提的，只有在地域观念上跨越打通国家的界限，在学科领域上跨越打通文学与其他学科的界限，进行的比较研究才是比较文学。在 W 教授主编的教材中，作者认为，"若把比较文学精神看作比较精神的话，就是犯了望文生义的错误，一百余年来，比较文学这个名称是名不副实的。"

从列举的以上教材我们可以看出，首先，它们在当下都仍然坚持"比较文学不是文学比较"这一并不完全符合整个比较文学学科发展事实的观点。如果认为一百余年来，比较文学这个名称是名不副实的，所有的比较文学都不是文学比较，那是大错特错！其次，值得注意的是，这些教材在相关叙述中各自的侧重点还并不相同，存在着不同程度、不同方面的分歧。这样一来，错误的观点下多样的谬误解释，加剧了学习者对比较文学学科性质的错误把握，使得学习者对比较文学的理解愈发困惑，十分不利于比较文学方法论的学习、也不利于比较文学学科的传承和发展。当今中国比较文学教材之所以普遍出现以上强作解释，不完全准确的教科书观点，根本原因还是没有仔细研究比较文学学科不同阶段之史实，甚至是根本不清楚比较文学不同阶段的学科史实的体现。

实际上，早期的比较文学"名"与"实"的确不相符合，这主要是指法国学派的学科理论，但是并不包括以后的美国学派及中国学派的学科理论，如果把所有阶段的学科理论一锅煮，是不妥当的。下面，我们就从比较文学学科发展的史实来论证这个问题。"比较文学不是文学比较""comparative literature is not literary comparison"，只是法国学派提出的比较文学口号，只是法国学派一派的主张，而不是整个比较文学学科的基本特征。我们不能够把这个阶段性的比较文学口号扩大化，甚至让其突破时空，用于描述比较文学所有的阶段和学派，更不能够使其"放之四海而皆准"。

法国学派提出"比较文学不是文学比较"，这个"比较"（comparison）是他们坚决反对的！为什么呢，因为他们要的不是文学"比较"（literary comparison），而是文学"关系"（literary relationship），具体而言，他们主张比较文学是实证的国际文学关系，是不同国家文学的影响关系，influences of different literatures，而不是文学比较。

法国学派为什么要反对"比较"（comparison），这与比较文学第一次危机密切相关。比较文学刚刚在欧洲兴起时，难免泥沙俱下，乱比的情形不断出现，暴露了多种隐患和弊端，于是，其合法性遭到了学者们的质疑：究竟比较文学的科学性何在？意大利著名美学大师克罗齐认为，"比较"（comparison）是各个学科都可以应用的方法，所以，"比较"不能成为独立学科的基石。学术界对于比较文学公然的质疑与挑战，引起了欧洲比较文学学者的震撼，到底比较文学如何"比较"才能够避免"乱比"？如何才是科学的比较？

难能可贵的是，法国学者对于比较文学学科的科学性进行了深刻的的反思和探索，并提出了具体的应对的方法：法国学派采取壮士断臂的方式，砍掉"比较"（comparison），提出比较文学不是文学比较（comparative literature is not literary comparison），或者说砍掉了没有影响关系的平行比较，总结出了只注重文学关系（literary relationship）的影响（influences）研究方法论。法国学派的创建者之一基亚指出，比较文学并不是比较。比较不过是一门名字没取好的学科所运用的一种方法……企图对它的性质下一个严格的定义可能是徒劳的。基亚认为：比较文学不是平行比较，而仅仅是文学关系史。以"文学关系"为比较文学研究的正宗。为什么法国学派要反对比较？或者说为什么法国学派要提出"比较文学不是文学比较"，因为法国学派认为"比较"（comparison）实际上是乱比的根源，或者说"比较"是没有可比性的。正如巴登斯佩哲指出："仅仅对两个不同的对象同时看上一眼就作比较，仅仅靠记忆和印象的拼凑，靠一些主观臆想把可能游移不定的东西扯在一起来找点类似点，这样的比较决不可能产生论证的明晰性"。所以必须抛弃"比较"。只承认基于科学的历史实证主义之上的文学影响关系研究（based on scientificity and positivism and literary influences.）。法国学派的代表学者卡雷指出：比较文学是实证性的关系研究："比较文学是文学史的一个分支：它研究拜伦与普希金、歌德与卡莱尔、瓦尔特·司各特与维尼之间，在属于一种以上文学背景的不同作品、不同构思以及不同作家的生平之间所曾存在过的跨国度的精神交往与实际联系。"正因为法国学者善于独辟蹊径，敢于提出"比较文学不是文学比较"，甚至完全抛弃比较（comparison），以防止"乱比"，才形成了一套建立在"科学"实证性为基础的、以影响关系为特征的"不比较"的比较文学学科理论体系，这终于挡住了克罗齐等人对比较文学"乱比"的批判，形成了以"科学"实证为特征的文学影响关系研究，确立了法国学派的学科理论和一整套方法论体系。当然，法国学派悍然砍掉比较研究，又不放弃"比较文学"这个名称，于是不可避免地出现了比较文学名不副实的尴尬现象，出现了打着比较文学名号，而又不比较的法国学派学科理论，这才是问题的关键。

当然，法国学派提出"比较文学不是文学比较"，只注重实证关系而不注重文学比较和文学审美，必然会引起比较文学的危机。这一危机终于由美国著名比较文学家韦勒克（René Wellek）在 1958 年国际比较文学协会第二次大会上明确揭示出来了。在这届年会上，韦勒克作了题为《比较文学的危机》的挑战性发言，对"不比较"的法国学派进行了猛烈批判，宣告了倡导平行比较和注重文学审美的比较文学美国学派的诞生。韦勒克作了题为《比较文学的危机》的挑战性发言，对当时一统天下的法国学派进行了猛烈批判，宣告了比较文学美国学派的诞生。韦勒克说："我认为，内容和方法之间的人为界线，渊源和影响的机械主义概念，以及尽管是十分慷慨的但仍属文化民族主义的动机，是比较文学研究中持久危机的症状。"韦勒克指出："比较也不能仅仅局限在历史上的事实联系中，正如最近语言学家的经验向文学研究者表明的那样，比较的价值既存在于事实联系的影响研究中，也存在于毫无历史关系的语言现象或类型的平等对比中。"很明显，韦勒克提出了比较文学就是要比较（comparison），就是要恢复巴登斯佩哲所讽刺和抛弃的"找点类似点"的平行比较研究。美国著名比较文学家雷马克（Henry Remak）在他的著名论文《比较文学的定义与功用》中深刻地分析了法国学派为什么放弃"比较"（comparison）的原因和本质。他分析说："法国比较文学否定'纯粹'的比较（comparison），它忠实于十九世纪实证主义学术研究的传统，即实证主义所坚持并热切期望的文学研究的'科学性'。按照这种观点，纯粹的类比不会得出任何结论，尤其是不能得出有更大意义的、系统的、概括性的结论。……既然值得尊重的科学必须致力于因果关系的探索，而比较文学必须具有科学性，因此，比较文学应该研究因果关系，即影响、交流、变更等。"雷马克进一步尖锐地指出，"比较文学"不是"影响文学"。只讲影响不要比较的"比较文学"，当然是名不副实的。显然，法国学派抛弃了"比较"（comparison），但是仍然带着一顶"比较文学"的帽子，才造成了比较文学"名"与"实"不相符合，造成比较文学不比较的尴尬，这才是问题的关键。

美国学派最大的贡献，是恢复了被法国学派所抛弃的比较文学应有的本义——"比较"（The American school went back to the original sense of comparative literature ——"comparison"），美国学派提出了标志其学派学科理论体系的平行比较和跨学科比较："比较文学是一国文学与另一国或多国文学的比较，是文学与人类其他表现领域的比较。"显然，自从美国学派倡导比较文学应当比较（comparison）以后，比较文学就不再有名与实不相符合的问题了，我们就不应当再继续笼统地说"比较文学不是文学比较"了，不应当再以"比较文学不是文学比较"来误导学生！更不可以说"一百余年来，比较文学这个名称是名不副实的。"不能够将雷马克的观点也强行解释为"比较文学不是比较"。因为在美国学派看来，比较文学就是要比较（comparison）。比较文学就是要恢复被巴登斯佩哲所讽刺和抛弃的"找点类似点"的平行比较研究。因为平行研究的可比性，正是类同性。正如韦勒克所说，"比较的价值既存在于事实联系的影响研究中，也存在于毫无历史关系的语言现象或类型的平等对比中。"恢复平行比较研究、跨学科研究，形成了以"找点类似点"的平行研究和跨学科研究为特征的比较文学美国学派学科理论和方法论体系。美国学派的学科理论以"类型学"、"比较诗学"、"跨学科比较"为主，并拓展原属于影响研究的"主题学"、"文类学"等领域，大大扩展比较文学研究领域。

二、比较文学的三个阶段

下面，我们从比较文学的三个学科理论阶段，进一步剖析比较文学不同阶段的学科理论特征。现代意义上的比较文学学科发展以"跨越"与"沟通"为目标，形成了类似"层叠"式、"涟漪"式的发展模式，经历了三个重要的学科理论阶段，即：

一、欧洲阶段，比较文学的成形期；二、美洲阶段，比较文学的转型期；三、亚洲阶段，比较文学的拓展期。我们将比较文学三个阶段的发展称之为"涟漪式"结构，实际上是揭示了比较文学学科理论的继承与创新的辩证关系：比较文学学科理论的发展，不是以新的理论否定和取代先前的理论，而是层叠式、累进式地形成"涟漪"式的包容性发展模式，逐步积累推进。比较文学学科理论发展呈现为层叠式、"涟漪"式、包容式的发展模式。我们把这个模式描绘如下：

法国学派主张比较文学是国际文学关系，是不同国家文学的影响关系。形成学科理论第一圈层：比较文学——影响研究；美国学派主张恢复平行比较，形成学科理论第二圈层：比较文学——影响研究＋平行研究＋跨学科研究；中国学派提出跨文明研究和变异研究，形成学科理论第三圈层：比较文学——影响研究＋平行研究＋跨学科研究＋跨文明研究＋变异研究。这三个圈层并不互相排斥和否定，而是继承和包容。我们将比较文学三个阶段的发展称之为层叠式、"涟漪"式、包容式结构，实际上是揭示了比较文学学科理论的继承与创新的辩证关系。

法国学派提出，可比性的第一个立足点是同源性，由关系构成的同源性。同源性主要是针对影响关系研究而言的。法国学派将同源性视作可比性的核心，认为影响研究的可比性是同源性。所谓同源性，指的是通过对不同国家、不同民族和不同语言的文学的文学关系研究，寻求一种有事实联系的同源关系，这种影响的同源关系可以通过直接、具体的材料得以证实。同源性往往建立在一条可追溯关系的三点一线的"影响路线"之上，这条路线由发送者、接受者和传递者三部分构成。如果没有相同的源流，也就不可能有影响关系，也就谈不上可比性，这就是"同源性"。以渊源学、流传学和媒介学作为研究的中心，依靠具体的事实材料在国别文学之间寻求主题、题材、文体、原型、思想渊源等方面的同源影响关系。注重事实性的关联和渊源性的影响，并采用严谨的实证方法，重视对史料的搜集和求证，具有重要的学术价值与学术意义，仍然具有广阔的研究前景。渊源学的例子：杨宪益，《西方十四行诗的渊源》。

比较文学学科理论的第二阶段在美洲，第二阶段是比较文学学科理论的转型期。从 20 世纪 60 年代以来，比较文学研究的主要阵地逐渐从法国转向美国，平行研究的可比性是什么？是类同性。类同性是指是没有文学影响关系的不同国家文学所表现出的相似和契合之处。以类同性为基本立足点的平行研究与影响研究一样都是超出国界的文学研究，但它不涉及影响关系研究的放送、流传、媒介等问题。平行研究强调不同国家的作家、作品、文学现象的类同比较，比较结果是总结出于文学作品的美学价值及文学发展具有规律性的东西。其比较必须具有可比性，这个可比性就是类同性。研究文学中类同的：风格、结构、内容、形式、流派、情节、技巧、手法、情调、形象、主题、文类、文学思潮、文学理论、文学规律。例如钱钟书《通感》认为，中国诗文有一种描写手法，古代批评家和修辞学家似乎都没有拈出。宋祁《玉楼春》词有句名句："红杏枝头春意闹。"这与西方的通感描写手法可以比较。

比较文学的又一次危机：比较文学的死亡

九十年代，欧美学者提出，比较文学作为一门学科已经死亡！最早是英国学者苏珊·巴斯奈特 1993 年她在《比较文学》一书中提出了比较文学的死亡论，认为比较文学作为一门学科，在某种意义上已经死亡。尔后，美国学者斯皮瓦克写了一部比较文学专著，书名就叫《一个学科的死亡》。为什么比较文学会死亡，斯皮瓦克的书中并没有明确回答！为什么西方学者会提出比较文学死亡论？全世界比较文学界都十分困惑。我们认为，20 世纪 90 年代以来，欧美比较文学继"理论热"之后，又出现了大规模的"文化转向"。脱离了比较文学的基本立场。首先是不比较，即不讲比较文学的可比性问题。西方比较文学研究充斥大量的 Culture Studies（文化研究），已经不考虑比较的合理性，不考虑比较文学的可比性问题。第二是不文学，即不关心文学问题。西方学者热衷于文化研究，关注的已经不是文学性，而是精神分析、政治、性别、阶级、结构等等。最根本的原因，是比较文学学科长期囿于西方中心论，有意无意地回避东西方不同文明文学的比较问题，基本上忽略了学科理论的新生长点，比较文学学科理论缺乏创新，严重忽略了比较文学的差异性和变异性。

要克服比较文学的又一次危机，就必须打破西方中心论，克服比较文学学科理论一味求同的比较文学学科理论模式，提出适应当今全球化比较文学研究的新话语。中国学派，正是在此次危机中，提出了比较文学变异学研究，总结出了新的学科理论话语和一套新的方法论。

中国大陆第一部比较文学概论性著作是卢康华、孙景尧所著《比较文学导论》，该书指出："什么是比较文学？现在我们可以借用我国学者季羡林先生的解释来回答了：'顾名思义，比较文学就是把不同国家的文学拿出来比较，这可以说是狭义的比较文学。广义的比较文学是把文学同其他学科来比较，包括人文科学和社会科学'。"[1]这个定义可以说是美国雷马克定义的翻版。不过，该书又接着指出："我们认为最精炼易记的还是我国学者钱钟书先生的说法：'比较文学作为一门专门学科，则专指跨越国界和语言界限的文学比较'。更具体地说，就是把不同国家不同语言的文学现象放在一起进行比较，研究他们在文艺理论、文学思潮，具体作家、作品之间的互相影响。"[2]这个定义似乎更接近法国学派的定义，没有强调平行比较与跨学科比较。紧接该书之后的教材是陈挺的《比较文学简编》，该书仍旧以"广义"与"狭义"来解释比较文学的定义，指出："我们认为，通常说的比较文学是狭义的，即指超越国家、民族和语言界限的文学研究……广义的比较文学还可以包括文学与其他艺术（音乐、绘画等）与其他意识形态（历史、哲学、政治、宗教等）之间的相互关系的研究。"[3]中国比较文学早期对于比较文学的定义中凸显了很强的不确定性。

由乐黛云主编，高等教育出版社 1988 年的《中西比较文学教程》，则对比较文学定义有了较为深入的认识，该书在详细考查了中外不同的定义之后，该书指出："比较文学不应受到语言、民族、国家、学科等限制，而要走向一种开放性，力图寻求世界文学发展的共同规律。"[4]"世界文学"概念的纳入极大拓宽了比较文学的内涵，为"跨文化"定义特征的提出做好了铺垫。

随着时间的推移，学界的认识逐步深化。1997 年，陈惇、孙景尧、谢天振主编的《比较文学》提出了自己的定义："把比较文学看作跨民族、跨语言、跨文化、跨学科的文学研究，更符合比较文学的实质，更能反映现阶段人们对于比较文学的认识。"[5]2000 年北京师范大学出版社出版了《比较文学概论》修订本，提出："什么是比较文学呢？比较文学是一种开放式的文学研究，它具有宏观的视野和国际的角度，以跨民族、跨语言、跨文化、跨学科界限的各种文学关系为研究对象，在理论和方法上，具有比较的自觉意识和兼容并包的特色。"[6]这是我们目前所看到的国内较有特色的一个定义。

---

1 卢康华、孙景尧著《比较文学导论》，黑龙江人民出版社 1984，第 15 页。
2 卢康华、孙景尧著《比较文学导论》，黑龙江人民出版社 1984 年版。
3 陈挺《比较文学简编》，华东师范大学出版社 1986 年版。
4 乐黛云主编《中西比较文学教程》，高等教育出版社 1988 年版。
5 陈惇、孙景尧、谢天振主编《比较文学》，高等教育出版社 1997 年版。
6 陈惇、刘象愚《比较文学概论》，北京师范大学出版社 2000 年版。

具有代表性的比较文学定义是 2002 年出版的杨乃乔主编的《比较文学概论》一书，该书的定义如下："比较文学是以跨民族、跨语言、跨文化与跨学科为比较视域而展开的研究，在学科的成立上以研究主体的比较视域为安身立命的本体，因此强调研究主体的定位，同时比较文学把学科的研究客体定位于民族文学之间与文学及其他学科之间的三种关系：材料事实关系、美学价值关系与学科交叉关系，并在开放与多元的文学研究中追寻体系化的汇通。"[7]方汉文则认为："比较文学作为文学研究的一个分支学科，它以理解不同文化体系和不同学科间的同一性和差异性的辩证思维为主导，对那些跨越了民族、语言、文化体系和学科界限的文学现象进行比较研究，以寻求人类文学发生和发展的相似性和规律性。"[8]由此而引申出的"跨文化"成为中国比较文学学者对于比较文学定义所做出的历史性贡献。

我在《比较文学教程》中对比较文学定义表述如下："比较文学是以世界性眼光和胸怀来从事不同国家、不同文明和不同学科之间的跨越式文学比较研究。它主要研究各种跨越中文学的同源性、变异性、类同性、异质性和互补性，以影响研究、变异研究、平行研究、跨学科研究、总体文学研究为基本方法论，其目的在于以世界性眼光来总结文学规律和文学特性，加强世界文学的相互了解与整合，推动世界文学的发展。"[9]在这一定义中，我再次重申"跨国""跨学科""跨文明"三大特征，以"变异性""异质性"突破东西文明之间的"第三堵墙"。

"首在审己，亦必知人"。中国比较文学学者在前人定义的不断论争中反观自身，立足中国经验、学术传统，以中国学者之言为比较文学的危机处境贡献学科转机之道。

三、两岸共建比较文学话语——比较文学中国学派

中国学者对于比较文学定义的不断明确也促成了"比较文学中国学派"的生发。得益于两岸几代学者的垦拓耕耘，这一议题成为近五十年来中国比较文学发展中竖起的最鲜明、最具争议性的一杆大旗，同时也是中国比较文学学科理论研究最有创新性，最亮丽的一道风景线。

---

7 杨乃乔主编《比较文学概论》，北京大学出版社 2002 年版。
8 方汉文《比较文学基本原理》，苏州大学出版社 2002 年版。
9 曹顺庆《比较文学教程》，高等教育出版社 2006 年版。

比较文学"中国学派"这一概念所蕴含的理论的自觉意识最早出现的时间大约是 20 世纪 70 年代。当时的台湾由于派出学生留洋学习，接触到大量的比较文学学术动态，率先掀起了中外文学比较的热潮。1971 年 7 月在台湾淡江大学召开的第一届"国际比较文学会议"上，朱立元、颜元叔、叶维廉、胡辉恒等学者在会议期间提出了比较文学的"中国学派"这一学术构想。同时，李达三、陈鹏翔（陈慧桦）、古添洪等致力于比较文学中国学派早期的理论催生。如 1976 年，古添洪、陈慧桦出版了台湾比较文学论文集《比较文学的垦拓在台湾》。编者在该书的序言中明确提出："我们不妨大胆宣言说，这援用西方文学理论与方法并加以考验、调整以用之于中国文学的研究，是比较文学中的中国派"[10]。这是关于比较文学中国学派较早的说明性文字，尽管其中提到的研究方法过于强调西方理论的普世性，而遭到美国和中国大陆比较文学学者的批评和否定；但这毕竟是第一次从定义和研究方法上对中国学派的本质进行了系统论述，具有开拓和启明的作用。后来，陈鹏翔又在台湾《中外文学》杂志上连续发表相关文章，对自己提出的观点作了进一步的阐释和补充。

在"中国学派"刚刚起步之际，美国学者李达三起到了启蒙、催生的作用。李达三于 60 年代来华在台湾任教，为中国比较文学培养了一批朝气蓬勃的生力军。1977 年 10 月，李达三在《中外文学》6 卷 5 期上发表了一篇宣言式的文章《比较文学中国学派》，宣告了比较文学的中国学派的建立，并认为比较文学中国学派旨在"与比较文学中早已定于一尊的西方思想模式分庭抗礼。由于这些观念是源自对中国文学及比较文学有兴趣的学者，我们就将含有这些观念的学者统称为比较文学的'中国'学派。"并指出中国学派的三个目标：1、在自己本国的文学中，无论是理论方面或实践方面，找出特具"民族性"的东西，加以发扬光大，以充实世界文学；2、推展非西方国家"地区性"的文学运动，同时认为西方文学仅是众多文学表达方式之一而已；3、做一个非西方国家的发言人，同时并不自诩能代表所有其他非西方的国家。李达三后来又撰文对比较文学研究状况进行了分析研究，积极推动中国学派的理论建设。[11]

继中国台湾学者垦拓之功，在 20 世纪 70 年代末复苏的大陆比较文学研

---

10 古添洪、陈慧桦《比较文学的垦拓在台湾》，台湾东大图书公司 1976 年版。
11 李达三《比较文学研究之新方向》，台湾联经事业出版公司 1978 年版。

究亦积极参与了"比较文学中国学派"的理论建设和学科建设。

季羡林先生 1982 年在《比较文学译文集》的序言中指出:"以我们东方文学基础之雄厚，历史之悠久，我们中国文学在其中更占有独特的地位，只要我们肯努力学习，认真钻研，比较文学中国学派必然能建立起来，而且日益发扬光大"[12]。1983 年 6 月，在天津召开的新中国第一次比较文学学术会议上，朱维之先生作了题为《比较文学中国学派的回顾与展望》的报告，在报告中他旗帜鲜明地说:"比较文学中国学派的形成（不是建立）已经有了长远的源流，前人已经做出了很多成绩，颇具特色，而且兼有法、美、苏学派的特点。因此，中国学派绝不是欧美学派的尾巴或补充"[13]。1984 年，卢康华、孙景尧在《比较文学导论》中对如何建立比较文学中国学派提出了自己的看法，认为应当以马克思主义作为自己的理论基础，以我国的优秀传统与民族特色为立足点与出发点，汲取古今中外一切有用的营养，去努力发展中国的比较文学研究。同年在《中国比较文学》创刊号上，朱维之、方重、唐弢、杨周翰等人认为中国的比较文学研究应该保持不同于西方的民族特点和独立风貌。1985 年，黄宝生发表《建立比较文学的中国学派:读〈中国比较文学〉创刊号》，认为《中国比较文学》创刊号上多篇讨论比较文学中国学派的论文标志着大陆对比较文学中国学派的探讨进入了实际操作阶段。[14]1988 年，远浩一提出"比较文学是跨文化的文学研究"（载《中国比较文学》1988 年第 3 期）。这是对比较文学中国学派在理论特征和方法论体系上的一次前瞻。同年，杨周翰先生发表题为"比较文学:界定'中国学派'，危机与前提"（载《中国比较文学通讯》1988 年第 2 期），认为东方文学之间的比较研究应当成为"中国学派"的特色。这不仅打破比较文学中的欧洲中心论，而且也是东方比较学者责无旁贷的任务。此外，国内少数民族文学的比较研究，也应该成为"中国学派"的一个组成部分。所以，杨先生认为比较文学中的大量问题和学派问题并不矛盾，相反有助于理论的讨论。1990 年，远浩一发表"关于'中国学派'"（载《中国比较文学》1990 年第 1 期），进一步推进了"中国学派"的研究。此后直到 20 世纪 90 年代末，中国学者就比较文学中国学派的建立、理论与方法以及相应的学科理论等诸多问题进行了积极而富有成效的探讨。

---

12 张隆溪《比较文学译文集》，北京大学出版社 1984 年版。
13 朱维之《比较文学论文集》，南开大学出版社 1984 年版。
14 参见《世界文学》1985 年第 5 期。

刘介民、远浩一、孙景尧、谢天振、陈淳、刘象愚、杜卫等人都对这些问题付出过不少努力。《暨南学报》1991 年第 3 期发表了一组笔谈，大家就这个问题提出了意见，认为必须打破比较文学研究中长期存在的法美研究模式，建立比较文学中国学派的任务已经迫在眉睫。王富仁在《学术月刊》1991 年第 4 期上发表"论比较文学的中国学派问题"，论述中国学派兴起的必然性。而后，以谢天振等学者为代表的比较文学研究界展开了对"X+Y"模式的批判。比较文学在大陆复兴之后，一些研究者采取了"X+Y"式的比附研究的模式，在发现了"惊人的相似"之后便万事大吉，而不注意中西巨大的文化差异性，成为了浅度的比附性研究。这种情况的出现，不仅是中国学者对比较文学的理解上出了问题，也是由于法美学派研究理论中长期存在的研究模式的影响，一些学者并没有深思中国与西方文学背后巨大的文明差异性，因而形成"X+Y"的研究模式，这更促使一些学者思考比较文学中国学派的问题。

经过学者们的共同努力，比较文学中国学派一些初步的特征和方法论体系逐渐凸显出来。1995 年，我在《中国比较文学》第 1 期上发表《比较文学中国学派基本理论特征及其方法论体系初探》一文，对比较文学在中国复兴十余年来的发展成果作了总结，并在此基础上总结出中国学派的理论特征和方法论体系，对比较文学中国学派作了全方位的阐述。继该文之后，我又发表了《跨越第三堵'墙'创建比较文学中国学派理论体系》等系列论文，论述了以跨文化研究为核心的"中国学派"的基本理论特征及其方法论体系。这些学术论文发表之后在国内外比较文学界引起了较大的反响。台湾著名比较文学学者古添洪认为该文"体大思精，可谓已综合了台湾与大陆两地比较文学中国学派的策略与指归，实可作为'中国学派'在大陆再出发与实践的蓝图"[15]。

在我撰文提出比较文学中国学派的基本特征及方法论体系之后，关于中国学派的论争热潮日益高涨。反对者如前国际比较文学学会会长佛克马（Douwe Fokkema）1987 年在中国比较文学学会第二届学术讨论会上就从所谓的国际观点出发对比较文学中国学派的合法性提出了质疑，并坚定地反对建立比较文学中国学派。来自国际的观点并没有让中国学者失去建立比较文学中国学派的热忱。很快中国学者智量先生就在《文艺理论研究》1988 年第

---

15 古添洪《中国学派与台湾比较文学界的当前走向》，参见黄维梁编《中国比较文学理论的垦拓》167 页，北京大学出版社 1998 年版。

1 期上发表题为《比较文学在中国》一文，文中援引中国比较文学研究取得的成就，为中国学派辩护，认为中国比较文学研究成绩和特色显著，尤其在研究方法上足以与比较文学研究历史上的其他学派相提并论，建立中国学派只会是一个有益的举动。1991 年，孙景尧先生在《文学评论》第 2 期上发表《为"中国学派"一辩》，孙先生认为佛克马所谓的国际主义观点实质上是"欧洲中心主义"的观点，而"中国学派"的提出，正是为了清除东西方文学与比较文学学科史中形成的"欧洲中心主义"。在 1993 年美国印第安纳大学举行的全美比较文学会议上，李达三仍然坚定地认为建立中国学派是有益的。二十年之后，佛克马教授修正了自己的看法，在 2007 年 4 月的"跨文明对话——国际学术研讨会（成都）"上，佛克马教授公开表示欣赏建立比较文学中国学派的想法[16]。即使学派争议一派繁荣景象，但最终仍旧需要落点于学术创见与成果之上。

比较文学变异学便是中国学派的一个重要理论创获。2005 年，我正式在《比较文学学》[17]中提出比较文学变异学，提出比较文学研究应该从"求同"思维中走出来，从"变异"的角度出发，拓宽比较文学的研究。通过前述的法、美学派学科理论的梳理，我们也可以发现前期比较文学学科是缺乏"变异性"研究的。我便从建构中国比较文学学科理论话语体系入手，立足《周易》的"变异"思想，建构起"比较文学变异学"新话语，力图以中国学者的视角为全世界比较文学学科理论提供一个新视角、新方法和新理论。

比较文学变异学的提出根植于中国哲学的深层内涵，如《周易》之"易之三名"所构建的"变易、简易、不易"三位一体的思辨意蕴与意义生成系统。具体而言，"变易"乃四时更替、五行运转、气象畅通、生生不息；"不易"乃天上地下、君南臣北、纲举目张、尊卑有位；"简易"则是乾以易知、坤以简能、易则易知、简则易从。显然，在这个意义结构系统中，变易强调"变"，不易强调"不变"，简易强调变与不变之间的基本关联。万物有所变，有所不变，且变与不变之间存在简单易从之规律，这是一种思辨式的变异模式，这种变异思维的理论特征就是：天人合一、物我不分、对立转化、整体关联。这是中国古代哲学最重要的认识论，也是与西方哲学所不同的"变异"思想。

---

16 见《比较文学报》2007 年 5 月 30 日，总第 43 期。
17 曹顺庆《比较文学学》，四川大学出版社 2005 年版。

由哲学思想衍生于学科理论，比较文学变异学是"指对不同国家、不同文明的文学现象在影响交流中呈现出的变异状态的研究，以及对不同国家、不同文明的文学相互阐发中出现的变异状态的研究。通过研究文学现象在影响交流以及相互阐发中呈现的变异，探究比较文学变异的规律。"[18]变异学理论的重点在求"异"的可比性，研究范围包含跨国变异研究、跨语际变异研究、跨文化变异研究、跨文明变异研究、文学的他国化研究等方面。比较文学变异学所发现的文化创新规律、文学创新路径是基于中国所特有的术语、概念和言说体系之上探索出的"中国话语"，作为比较文学第三阶段中国学派的代表性理论已经受到了国际学界的广泛关注与高度评价，中国学术话语产生了世界性影响。

四、国际视野中的中国比较文学

文明之墙让中国比较文学学者所提出的标识性概念获得国际视野的接纳、理解、认同以及运用，经历了跨语言、跨文化、跨文明的多重关卡，国际视野下的中国比较文学书写亦经历了一个从"遍寻无迹""只言片语"而"专篇专论"，从最初的"话语乌托邦"至"阶段性贡献"的过程。

二十世纪六十年代以来港台学者致力于从课程教学、学术平台、人才培养，国内外学术合作等方面巩固比较文学这一新兴学科的建立基石，如淡江文理学院英文系开设的"比较文学"（1966），香港大学开设的"中西文学关系"（1966）等课程；台湾大学外文系主编出版之《中外文学》月刊、淡江大学出版之《淡江评论》季刊等比较文学研究专刊；后又有台湾比较文学学会（1973 年）、香港比较文学学会（1978）的成立。在这一系列的学术环境构建下，学者前贤以"中国学派"为中国比较文学话语核心在国际比较文学学科理论、方法论中持续探讨，率先启声。例如李达三在 1980 年香港举办的东西方比较文学学术研讨会成果中选取了七篇代表性文章，以 *Chinese-Western Comparative Literature: Theory and Strategy* 为题集结出版，[19]并在其结语中附上那篇"中国学派"宣言文章以申明中国比较文学建立之必要。

学科开山之际，艰难险阻之巨难以想象，但从国际学者相关言论中可见西方对于中国比较文学学科的发展抱有的希望渺小。厄尔·迈纳（Earl Miner）

---

18 曹顺庆主编《比较文学概论》，高等教育出版社 2015 年版。

19 *Chinese-Western Comparative Literature：Theory & Strategy*, Chinese Univ Pr.1980-6

在 1987 年发表的 *Some Theoretical and Methodological Topics for Comparative Literature* 一文中谈到当时西方的比较文学鲜有学者试图将非西方材料纳入西方的比较文学研究中。(until recently there has been little effort to incorporate non-Western evidence into Western com- parative study.) 1992 年，斯坦福大学教授 David Palumbo-Liu 直接以《话语的乌托邦：论中国比较文学的不可能性》为题（*The Utopias of Discourse: On the Impossibility of Chinese Comparative Literature*）直言中国比较文学本质上是一项"乌托邦"工程。(My main goal will be to show how and why the task of Chinese comparative literature, particularly of pre-modern literature, is essentially a *utopian* project.) 这些对于中国比较文学的诘难与质疑，今美国加州大学圣地亚哥分校文学系主任张英进教授在其 1998 编著的 *China in a polycentric world: essays in Chinese comparative literature* 前言中也不得不承认中国比较文学研究在国际学术界中仍然处于边缘地位（The fact is, however, that Chinese comparative literature remained marginal in academia, even though it has developed closely with the rest of literary studies in the United Stated and even though China has gained increasing importance in the geopolitical world order over the past decades.）。[20]但张英进教授也展望了下一个千年中国比较文学研究的蓝景。

新的千年新的气象，"世界文学""全球化"等概念的冲击下，让西方学者开始注意到东方，注意到中国。如普渡大学教授斯蒂文·托托西（Tötösy de Zepetnek, Steven）1999 年发长文 *From Comparative Literature Today Toward Comparative Cultural Studies* 阐明比较文学研究更应该注重文化的全球性、多元性、平等性而杜绝等级划分的参与。托托西教授注意到了在法德美所谓传统的比较文学研究重镇之外，例如中国、日本、巴西、阿根廷、墨西哥、西班牙、葡萄牙、意大利、希腊等地区，比较文学学科得到了出乎意料的发展（emerging and developing strongly）。在这篇文章中，托托西教授列举了世界各地比较文学研究成果的著作，其中国地区便是北京大学乐黛云先生出版的代表作品。托托西教授精通多国语言，研究视野也常具跨越性，新世纪以来也致力于以跨越性的视野关注世界各地比较文学研究的动向。[21]

---

20 Moran T . Yingjin Zhang, Ed. China in a Polycentric World: Essays in Chinese Comparative Literature[J].现代中文文学学报,2000,4(1):161-165.

21 Tötösy de Zepetnek, Steven. "From Comparative Literature Today Toward Comparative Cultural Studies." CLCWeb: Comparative Literature and Culture 1.3 (1999):

　　以上这些国际上不同学者的声音一则质疑中国比较文学建设的可能性，一则观望着这一学科在非西方国家的复兴样态。争议的声音不仅在国际学界，国内学界对于这一新兴学科的全局框架中涉及的理论、方法以及学科本身的立足点，例如前文所说的比较文学的定义，中国学派等等都处于持久论辩的漩涡。我们也通晓如果一直处于争议的漩涡中，便会被漩涡所吞噬，只有将论辩化为成果，才能转漩涡为涟漪，一圈一圈向外辐射，国际学人也在等待中国学者自己的声音。

　　上海交通大学王宁教授作为中国比较文学学者的国际发声者自 20 世纪末至今已撰文百余篇，他直言，全球化给西方学者带来了学科死亡论，但是中国比较文学必将在这全球化语境中更为兴盛，中国的比较文学学者一定会对国际文学研究做出更大的贡献。新世纪以来中国学者也不断地将自身的学科思考成果呈现在世界之前。2000 年，北京大学周小仪教授发文（*Comparative Literature in China*）[22]率先从学科史角度构建了中国比较文学在两个时期（20 世纪 20 年代至 50 年代，70 年代至 90 年代）的发展概貌，此文关于中国比较文学的复兴崛起是源自中国文学现代性的产生这一观点对美国芝加哥大学教授苏源熙（Haun Saussy）影响较深。苏源熙在 2006 年的专著 *Comparative Literature in an Age of Globalization* 中对于中国比较文学的讨论篇幅极少，其中心便是重申比较文学与中国文学现代性的联系。这篇文章也被哈佛大学教授大卫·达姆罗什（David Damrosch）收录于《普林斯顿比较文学资料手册》（*The Princeton Sourcebook in Comparative Literature*，2009[23]）。类似的学科史介绍在英语世界与法语世界都接续出现，以上大致反映了中国学者对于中国比较文学研究的大概描述在西学界的接受情况。学科史的构架对于国际学术对中国比较文学发展脉络的把握很有必要，但是在此基础上的学科理论实践才是关系于中国比较文学学科国际性发展的根本方向。

　　我在 20 世纪 80 年代以来 40 余年间便一直思考比较文学研究的理论构建问题，从以西方理论阐释中国文学而造成的中国文艺理论"失语症"思考

22　Zhou, Xiaoyi and Q.S. Tong, "Comparative Literature in China", Comparative Literature and Comparative Cultural Studies, ed., Totosy de Zepetnek, West Lafayette, Indiana: Purdue University Press, 2003, 268-283.

23　Damrosch, David (EDT)*The Princeton Sourcebook in Comparative Literature*: Princeton University Press

属于中国比较文学自身的学科方法论，从跨异质文化中产生的"文学误读""文化过滤""文学他国化"提出"比较文学变异学"理论。历经 10 年的不断思考，2013 年，我的英文著作：*The Variation Theory of Comparative Literature*（《比较文学变异学》），由全球著名的出版社之一斯普林格（Springer）出版社出版，并在美国纽约、英国伦敦、德国海德堡出版同时发行。*The Variation Theory of Comparative Literature*（《比较文学变异学》）系统地梳理了比较文学法国学派与美国学派研究范式的特点及局限，首次以全球通用的英语语言提出了中国比较文学学科理论新话语："比较文学变异学"。这一新概念、新范畴和新表述，引导国际学术界展开了对变异学的专刊研究（如普渡大学创办刊物《比较文学与文化》2017 年 19 期）和讨论。

欧洲科学院院士、西班牙圣地亚哥联合大学让·莫内讲席教授、比较文学系教授塞萨尔·多明戈斯教授（Cesar Dominguez），及美国科学院院士、芝加哥大学比较文学教授苏源熙（Haun Saussy）等学者合著的比较文学专著（Introducing Comparative literature: New Trends and Applications[24]）高度评价了比较文学变异学。苏源熙引用了《比较文学变异学》（英文版）中的部分内容，阐明比较文学变异学是十分重要的成果。与比较文学法国学派和美国学派形成对比，曹顺庆教授倡导第三阶段理论，即，新奇的、科学的中国学派的模式，以及具有中国学派本身的研究方法的理论创新与中国学派"（《比较文学变异学》（英文版）第 43 页）。通过对"中西文化异质性的"跨文明研究"，曹顺庆教授的看法会更进一步的发展与进步（《比较文学变异学》（英文版）第 43 页），这对于中国文学理论的转化和西方文学理论的意义具有十分重要的价值。（"Another important contribution in the direction of an imparative comparative literature-at least as procedure-is Cao Shunqing's 2013 *The Variation Theory of Comparative Literature*. In contrast to the "French School" and "American School" of comparative Literature, Cao advocates a "third-phrase theory", namely, "a novel and scientific mode of the Chinese school," a "theoretical innovation and systematization of the Chinese school by relying on our *own* methods" (*Variation Theory* 43; emphasis added). From this etic beginning, his proposal moves forward emically by developing a "cross-civilizaional study on the heterogeneity between

---

24 Cesar Dominguez,Haun Saussy,Dario Villanueva Introducing Comparative literature: New Trends and Applications，Routledge,2015

Chinese and Western culture" (43), which results in both the foreignization of Chinese literary theories and the Signification of Western literary theories.）

　　法国索邦大学（Sorbonne University）比较文学系主任伯纳德·弗朗科（Bernard Franco）教授在他出版的专著（《比较文学：历史、范畴与方法》）*La littératurecomparée: Histoire, domaines, méthodes* 中以专节引述变异学理论，他认为曹顺庆教授提出了区别于影响研究与平行研究的"第三条路"，即"变异理论"，这对应于观点的转变，从"跨文化研究"到"跨文明研究"。变异理论基于不同文明的文学体系相互碰撞为形式的交流过程中以产生新的文学元素，曹顺庆将其定义为"研究不同国家的文学现象所经历的变化"。因此曹顺庆教授提出的变异学理论概述了一个新的方向，并展示了比较文学在不同语言和文化领域之间建立多种可能的桥梁。（Il évoque l'hypothèse d'une troisième voie, la « théorie de la variation », qui correspond à un déplacement du point de vue, de celui des « études interculturelles » vers celui des « études transcivilisationnelles . » Cao Shunqing la définit comme « l'étude des variations subies par des phénomènes littéraires issus de différents pays, avec ou sans contact factuel, en même temps que l'étude comparative de l'hétérogénéité et de la variabilité de différentes expressions littéraires dans le même domaine ».Cette hypothèse esquisse une nouvelle orientation et montre la multiplicité des passerelles possibles que la littérature comparée établit entre domaines linguistiques et culturels différents.）[25]。

　　美国哈佛大学（Harvard University）厄内斯特·伯恩鲍姆讲席教授、比较文学教授大卫·达姆罗什（David Damrosch）对该专著尤为关注。他认为《比较文学变异学》（英文版）以中国视角呈现了比较文学学科话语的全球传播的有益尝试。曹顺庆教授对变异的关注提供了较为适用的视角，一方面超越了亨廷顿式简单的文化冲突模式，另一方面也跨越了同质性的普遍化。[26]国际学界对于变异学理论的关注已经逐渐从其创新性价值探讨延伸至文学研究，例如斯蒂文·托托西近日在 *Cultura* 发表的（Peripheralities: "Minor" Literatures, Women's Literature, and Adrienne Orosz de Csicser's Novels）一文中便成功地将变异学理论运用于阿德里安·奥罗兹的小说研究中。

25　Bernard Franco La littératurecomparée: Histoire, domaines, méthodes，Armand Colin 2016.

26　David Damrosch Comparing the Literatures,Literary Studies in a Global Age,Princeton University Press,2020.

国际学界对于比较文学变异学的认可也证实了变异学作为一种普遍性理论提出的初衷，其合法性与适用性将在不同文化的学者实践中巩固、拓展与深化。它不仅仅是跨文明研究的方法，而是一种具有超越影响研究和平行研究，超越西方视角或东方视角的宏大视野、一种建立在文化异质性和变异性基础之上的融汇创生、一种追求世界文学和总体问题最终理想的哲学关怀。

以如此篇幅展现中国比较文学之况，是因为中国比较文学研究本就是在各种危机论、唱衰论的压力下，各种质疑论、概念论中艰难前行，不探源溯流难以体察今日中国比较文学研究成果之不易。文明的多样性发展离不开文明之间的交流互鉴。最具"跨文明"特征的比较文学学科更需要文明之间成果的共享、共识、共析与共赏，这是我们致力于比较文学研究领域的学术理想。

千里之行，不积跬步无以至，江海之阔，不积细流无以成！如此宏大的一套比较文学研究丛书得承花木兰总编辑杜洁祥先生之宏志，以及该公司同仁之辛劳，中国比较文学学者之鼎力相助，才可顺利集结出版，在此我要衷心向诸君表达感谢！中国比较文学研究仍有一条长远之途需跋涉，期以系列丛书一展全貌，愿读者诸君敬赐高见！

曹顺庆

二零二一年十月二十三日于成都锦丽园

上　册

绪论：中西文化话语四大模式比较——比什么?
为何比? 如何比? ……………………………………… 1

第一节　何谓话语、文化话语、话语权、失语、
中西文化话语 ………………………………… 4

一、话语、话语模式、文化话语、话语权、
失语 …………………………………………… 4

二、中国文化话语、西方文化话语及其四大
模式 …………………………………………… 7

第二节　中西文化话语四大模式比较的目的与
意义 …………………………………………… 10

一、民族文化的外求与接受、传播与扩张、
认同与利用的愿望满足 ………………… 10

二、人类跨文化的认识他者、认识自我、
为他者所认识的愿望满足 ……………… 15

第三节　中西文化话语四大模式比较的必要与
可能 …………………………………………… 18

一、世界文化由一元化到多元化、由西方化
到全球化的转型 ………………………… 18

二、另类异质的中西文化，殊途同归文化
外求与利用 ……………………………… 20

三、中西文化的文化外求和相互外求的历史
与传统 …………………………………… 24

第四节　中西文化话语四大模式比较的方法与
原则 …………………………………………… 27

一、中西文化话语四大模式比较的方法与
路径 ……………………………………… 28

二、中西文化话语四大模式比较的原则与
立场 ……………………………………… 33

第一章　中西文化话语模式比较 ………………… 39

第一节　立象尽意与意义假设 ……………………… 40

一、意音文字与表音文字 …………………… 40

二、立象尽意与意义假设 …………………… 46

三、读象悟意与读音识义 …………………… 49

四、意义激发与意义规定 ……………………… 53
第二节　依经立义与归纳演绎 …………………… 56
一、依经立义与归纳演绎 ……………………… 56
二、语境成义与文本成义 ……………………… 61
三、文化解读与文本解读 ……………………… 68
四、知识修养与知识技巧 ……………………… 72
第三节　比物连类与描绘叙述 …………………… 76
一、比物连类与描绘叙述 ……………………… 76
二、意义流出与意义诠释 ……………………… 82
三、一名三义与时态词缀 ……………………… 86
四、文约旨博与形象逼真 ……………………… 92
第四节　以人说我与以我说人 …………………… 96
一、以人观我与以我观人 ……………………… 97
二、以人证我与以我证人 ……………………… 101
三、以人说我与以我说人 ……………………… 104
四、互为中心与自我中心 ……………………… 109

下　册
第二章　中西文化认知模式比较 ………………… 113
第一节　中西神话认知模式比较 ………………… 114
一、中西神话的谱系建构 ……………………… 115
二、中西神话的造化神话 ……………………… 122
三、中西神话的宇宙三界 ……………………… 125
四、中西神话的"仇亲情结"与"认亲
　　情结" ………………………………………… 129
第二节　中西宗教认知模式比较 ………………… 134
一、中西宗教的内外关系 ……………………… 135
二、中西宗教的基本信念 ……………………… 137
三、中西宗教的权力机制 ……………………… 140
四、中西宗教的演化动力 ……………………… 143
第三节　中西军事认知模式比较 ………………… 146
一、中西军事的目的定位 ……………………… 146
二、中西军事的编制装备 ……………………… 154
三、中西军事的战术策略 ……………………… 162

　　四、中西军事的基本理念 ……………………… 166
　第四节　中西文艺认知模式比较 ……………… 169
　　一、中西文艺的主题 …………………………… 169
　　二、中西文艺的文体风格 ……………………… 173
　　三、中西文艺的功能目的 ……………………… 175
　　四、中西文艺的美学理念 ……………………… 179
　第五节　中西教育认知模式比较 ……………… 183
　　一、中西教育的目的设限 ……………………… 183
　　二、中西教育的体制建构 ……………………… 186
　　三、中西教育的内容设定 ……………………… 189
　　四、中西教育的方法策略 ……………………… 191
第三章　中西文化思维模式比较 ………………… 197
　第一节　意象思维与抽象思维 ………………… 198
　　一、意象思维、诗性思维与抽象思维、分析
　　　　思维 ………………………………………… 198
　　二、感悟思维、经验思维与演绎思维、假证
　　　　思维 ………………………………………… 206
　第二节　双向思维与单向思维 ………………… 214
　　一、双向思维、反向思维与单向思维、正向
　　　　思维 ………………………………………… 214
　　二、动态思维、换位思维与静态思维、本位
　　　　思维 ………………………………………… 228
　第三节　全息思维与因果思维 ………………… 236
　　一、全息思维、演化思维与因果思维、能动
　　　　思维 ………………………………………… 236
　　二、圆象思维、整体思维与维度思维、定向
　　　　思维 ………………………………………… 245
　第四节　太极思维与逻辑思维 ………………… 253
　　一、太极思维与逻辑思维 ……………………… 253
　　二、人文思维与科学思维 ……………………… 259
第四章　中西文化哲理模式比较 ………………… 267
　第一节　中西神话哲理模式比较 ……………… 268
　　一、"四大崇拜"互包互孕与"四大观念"
　　　　对立统一 …………………………………… 269

二、神化自然、以神道设教与妖化自然、以
神话自尊 …………………………………… 272

第二节　中西宗教哲理模式比较 ……………… 276

一、中国宗教的多元化与西方宗教的一元化 276

二、佛教中国化的"格义"与基督教化中国
的"礼仪之争" ………………………… 280

第三节　中西军事哲理模式比较 ……………… 284

一、兵乃国之大事和兵乃逆德凶器与军事
属于政治和战场成就荣誉 ……………… 285

二、兵乃诡道和兵法贵在权变与军事是门
艺术和战争讲究实力 …………………… 290

第四节　中西文艺哲理模式比较 ……………… 293

一、文艺门类的分而不分、相互借重与各自
独立、体用自足 ………………………… 294

二、文艺作品重文本语境、文化话语与
重媒介结构、形象塑造 ………………… 301

第五节　中西教育哲理模式比较 ……………… 308

一、教学机制的个性化、多元化与教育机制
的模式化、一元化 ……………………… 309

二、主动求学、终身学习的多元化、个性化与
学校教育、学龄教育的一元化、模式化·· 316

三、人才评价机制的个性化、多元化与教育
评价机制的模式化、一元化 …………… 318

参考文献 …………………………………………… 323

附记：并非题外话的三个话题 ………………… 329

绪论：中西文化话语四大模式比较
——比什么？为何比？如何比？

  第一，如何树立乃至强化一体多元、多元共生、同舟共济的人类命运共同体意识、中华民族共同体意识、东亚共同体意识，及其赖以生成的中国文化认同观念？如何彰显与印度教文化圈、伊斯兰教文化圈、基督教文化圈共同构成世界"四大文化圈"的"儒教文化圈"（又称"汉文化圈"，更为确切的称谓应当是"汉字文化圈"）的价值意义，关注其意义生成机制——中国文化认同？[1]

  第二，如何实现"古为今用"，在传承历史的基础上创新，彻底继承优秀传统文化，促成中国传统文化意义建构与解读、言说与书写的现代转换，发挥中国文化传统之"本体"在当下文化建设中之"功用"，彻底弘扬中国文化传统，"彻底复古"，开展中国文化传统寻根？

  第三，如何实现"洋为中用"，从拥有西方文化社会理论方法、科学知识

---

1 相对而言，在某种程度与意义上，中华民族的民族认同，属于以语言文字、服饰礼仪、文化教育、风俗习惯，乃至乡音乡情、乡风乡俗、家规族约为标志的文化认同，而西域与欧美的民族认同，则主要是以血缘肤色为标志的种族认同，虽然现代西方曾经出现希特勒强调国家意志而超越种族认同的"国家民族"，但是随后便遭到西方民主的否定，因此而有中国人以姓氏别婚姻的传统、"四海之内皆兄弟"之说、异族通婚与和亲的历史，西域阿拉伯国家的种族冲突与族群内支脉派别内战，欧美的种族歧视与立足种族优越论的白人中心主义。与之相应，"儒教文化圈"不同于"基督教文化圈"、"伊斯兰教文化圈"、"印度教文化圈"的宗教认同，而属于以汉字为根本的文字文化认同，因此说称之为"汉字文化圈"，较称之为"儒教文化圈"更为准确，较称之为"汉文化圈"更为具体。

体系之"功用"，到掌握西方文化精神理念之"本体"，让中国的现代化诉求"彻底西化"？与此同时，如何实现对西方文化的知识体系予以贯彻中国文化认知方式、思维方式、哲学理念的重读与重构，乃至贯彻中国文化言说方式的重新言说与书写，由此实现全球化语境下的"西方学说中国化"？

第四，如何反思十七至二十世纪的西方，从学者到传教士及其影响之下的中国，从教育界到文化界，由中国国民性批判与中国传统文化解读共同构成，意义建构指向叙事学的"西方化现代中国叙事"（后文简称"现代中国叙事"），作为"他人言说"的"双向失语（Lack of self）"？[2]与此同时，如何反思十九世纪以来的东方文化西方化时代大潮之下，由朝鲜、越南的"去汉字"，日本的"脱亚入欧"，中国"汉字拼音化"乃至"反传统文化"等，共同构成的"文化出逃"现象及其割断民族文化传统，古文今译因拼音文字难以言说与书写传统文化从而妨碍历史传承等现代后遗症？

第五，如何促成新世纪的民族文化复兴，重构民族文化价值体系，赢得民族文化话语权？如何实现中国的现代化诉求，坚持用"中国方式"讲"中国故事"，由此确立现代化建设的"中国特色"、"中国道路"？

如此等等五个问题，无疑是世纪之交中国学术界乃至文化界的热门话题，也是新世纪实现民族文化复兴的主要课题。

由此引出如下三个问题：第一，《老子·十一章》写道："三十辐共一毂，当其无，有车之用。埏埴以为器，当其无，有器之用。凿户牖以为室，当其无，有室之用。故有之以为利，无之以为用。"作为事物个别形体的车、器、室，正是以"虚无"作为共同"本体（Noumenon）"，从而形成"实有"的车载物、器储物、室居住的不同"功用（Function）"，老子由此建构其立足体用之辨的"无用之用说"。[3]受老子"无用之用说"启发，德国形象学大师海德格尔（Martin Heidegger）发现作为事物现象本体的"虚空"妙义，为此而写作《田野路与对谈》（1945），借用壶与罐，立象尽意，加以阐释。随后又在《物》的演讲中，对老子的"无用之用说"予以具体的演绎阐释。照此看来，如果说"中国文化认同"观念乃生成人类命运共同体意识、中华民族共同体意识、

2 参见周宁，"被别人表述"国民性批判的西方话语谱系[J]，文艺理论与批评，2003，（5）。[美]刘禾，跨语际实践：文学，民族文化与被译介的现代性（中国，1900-1937）[M]，北京：三联书店，2008。

3 参见徐扬尚，无用之用：比较文学的学科特性[J]，中外文化与文论，2008，（15）。

东亚共同体意识、"汉字文化圈"之"功用"，那么，中国文化认同的共同"本体"又是什么？

第二，中国文化及其相应文化知识学科门类的观念意识、术语概念、体系建构，从生成到解读，再到应用，一以贯之的传统何在？也就是中国传统文化及其相应文化知识学科门类的生成机制何在？中国人思想、行动、交际的中国方式、中国特色、中国道路的生成机制是什么？

第三，如同法国诗人保尔·瓦雷里（Paul Valery）所说："用他者充实自我，再没有比这个更本分、更适合自己的了。但是，前提是要将他者消化掉。狮子乃消化并吸收了的牛羊。"[4]由意音文字汉字书写的中国文化，拿什么去消化生成于西方文化语境，由西方表音文字书写的西方学说，使之化为自身机体？

一言以蔽之，那就是作为中国人言说与书写、行动与交际、认知与思维、信仰与身份意义建构及其表述与解读方式的"中国文化话语（The Discourse of Chinese Cultural）"。

进而又引出如下两个问题：第四，之所以说"现代中国叙事"属于双向失语的他人言说，是因为"现代中国叙事"贯彻的是非我的"西方文化话语（The Discourse of West Cultural）"，从而造成自我的中国文化话语的缺席。那么，造成双向失语的另类异质的中西文化话语，各自的具体内涵又是什么？

第五，所谓实现"西方学说中国化"，那就是立足中西文化话语转换，对以西方文化话语为生成机制的西方学说，予以贯彻中国文化话语的重新解读、重新言说、重新书写，由此赋予西方学说以新的内涵、新的形态、新的品质，实现重构与新生，自我的品格与身份建构也就水到渠成。具体就西方社会学与政治学的中国化来说，那就是对其基于西方文化传统自我中心认知模式与二元对立思维模式的古今对立、过去与未来对立、人类与自然对立、男女对立、穷富对立、个人与集体对立、统治阶级与被统治阶级对立、国家主义与国际主义对立等相关论断，予以贯彻基于中国文化传统互为中心认知模式与二元反成思维模式的重读与重写。否则便难以理解：遵从传统的中国女性，不是以男性为竞争对手，而是以男人为靠山，期望嫁个有情郎，实现夫贵妻

---

4 这个名言为法国著名比较文学家伽列的《基亚〈比较文学〉序言》所借用，借以言说立足国际文学交流的影响研究，应注重文学传播与接受的"发展演变"。见 J.-M. Crré, *Vorwrt zur Vergleichenden Literaturwissenshaft*, H. N. Fügen, Vergleichende Literaturwissenschaft, Econ, 1973, p.83.

荣；遵从传统的中国民众，不是憎恨统治者，而是盼明君励精图治，近贤远佞，创造盛世，盼贤臣修身、齐家、治国、平天下，恨暴君或横征暴敛，好大喜功，或骄奢淫逸，腐败堕落，恨奸佞或为虎作伥，作威作福，或依法腐败，徇私枉法；遵从传统的中国穷人，不是痛恨富人，而是盼富人富而好礼，取财有道，乐善好施，恩泽家乡，造福社会；遵从传统的中华民族共同体，不是以二元对立、斗争反抗的挑战自然、鬼神、父亲强权，反抗其压迫为能，而是以二元反成、和谐互动的顺应自然、感恩自然、祭拜自然神灵，孝顺父母、感恩父母、祭拜祖宗神灵，报答其生养之恩，祈求神灵护佑为德。那么，中西文化话语转换得以顺利进行乃至行之有效的中西文化话语的异质性何在？

而要回答上述五个问题，首先得搞清什么是话语（Discourse）、话语模式（Discourse Patterns）、文化话语（Cultural Discourse）、话语权（Discourse Power）、失语、文化失语、学术失语、中国文化话语、西方文化话语。进而求同存异，在比较中认识、鉴别、界定、把握、运用。不首先搞清这些相对生成、互动互应、互证互释的术语、概念、范畴、命题、问题，并在比较中加以明确界定，所谓中国文化认同、弘扬中国文化传统、赢得民族文化话语权、"西方学说中国化"、中国现代化诉求用中国方式讲中国故事等，难免言不及义，不能落到实处，相应的言说与书写，难免众说纷纭，莫衷一是，东面而望，不见西墙，南向而视，不睹北方，自以为是，自行其是。

第一节 何谓话语、文化话语、话语权、失语、中西文化话语

一、话语、话语模式、文化话语、话语权、失语

植根西方"话语分析（Discourse Analysis）"理论的"话语"概念，无论是英语、法语、德语、俄语等西方语言还是汉语，用法皆可谓五花八门，例如用以指称相对不具有知识谱系性的日常"言语"来说的，具有知识谱系性的书面"语言"。如果说日常的心有所想而口有所言是"言语"，那么，具有组织结构的书面言语就是"语言"，而属于某种知识谱系的语言规则便是"话语"。话语通过操作实现意义生成，因此，在某种程度与意义上，西方话语分析就是话语操作分析。

话语概念的汉语表达，归纳起来，意义或说用法主要有三类：一是指日

常、世俗层面的交际言语，意义等同于"话"、"语"、"说话"，例如"古话说得好"，又作"古语说得好"，又作"古话语说得好"。二是指体系、学理层面的术语、概念、套语、说法乃至理论体系建构。例如学界所谓江湖话语、政治话语、哲学话语、宗教话语，有时就是指江湖、政治、哲学、宗教的术语、概念、说法及其理论建构。三是指方式、规则层面的文化意义建构方式、表述方式、解读方式。例如我们所谓"民族文化话语权"、"中国文论话语权"、"中国史学话语权"、"中国哲学话语权"，乃至"民族文化失语"、"中国文论失语"、"中国史学失语"、"中国哲学失语"等，所谓"话语"与"失语"，都只能是指方式、规则层面的文化意义建构方式、表述方式、解读方式。虽因语境不同，话语概念的上述三类用法"所指"不同，但是三者相辅相成，有时甚至是同时具有三层用意。[5]由此形成话语概念"能指"的一名三义。

据此可知：如果如美国学者詹姆斯（James Paul Gee）《话语分析导论：理论与方法》所说：我用"黑色字体"表示的作为一门学科的话语，就是"使用语言的方法，以及思考、评价、行动和交流的方法所形成的被社会接受的关系"。而用"常规字体"表示的作为一个概念的话语，就是"使用中的语言相对或语言的延伸（比如会话或故事）"。"黑体的'话语'总是指语言加上'其他材料'"。[6]或如加拿大学者伊雷纳（Irena R. Makaryk）《百科全书的当代文学理论》所说：植根西方话语分析理论（discourse analysis theory）的"话语"概念以及由此形成的"话语研究"（Discourse Study）或说"话语学（Discourse Analysis）"，并非一般意义上的言语与说话及其研究，而是指一定条件下的文化意义建构方式（to determine how meaning is constructed）、交流与知识创立方式（The way we both communicate with each other and create knowledge）及其研究。[7]尤其是在指称超越语言学本位的文化话语、学科话语、文化失语、学科失语时，更是如此。

也就是说，与话语权、文化失语等密切相关，超越日常交际，走向学理体系乃至文化规则，彰显权力关系的话语，就是植根语言文字而又超越语言

---

5 徐扬尚，从"扑朔迷离"看古文立象尽意的言说方式：兼论现代古文解读方式的"西化"[J]，东方论坛，2009，（4）。

6 [美]詹姆斯·保罗·吉，话语分析导论：理论与方法[M]，重庆：重庆大学出版社，2011，28。

7 Irena R. Makaryk, *Encyclopedia of Contemporary Literary Theory*, University of Toronto Press, 1993, pp. 34-35.

文字，一定社会历史、文化传统、文化背景之下，体现于言说与书写、行动与交际、认知与思维、信仰与身份（James Paul Gee 语）的意义建构方式、表述方式、解读方式（Irena R. Makaryk 语），我们简称为"话语模式"，或说"言说方式（Ways of Expression）"。一定文化的话语模式又体现为相应的"认知模式（Cognitive Patterns）"或说"认知方式（Cognitive Style）"与"思维模式（Thinking Patterns）"或说"思维方式（Way of Thinking）"，三者进而体现为相应的哲理模式（Philosophy Patterns）或说"哲学理念（Philosophy）"，四者共同构成相应文化话语的四个层面，我们简称为"文化话语四大模式"或说"文化话语四个层面"。从而使文化话语有了狭义与广义之分：狭义的文化话语，就是文化意义建构方式、表述方式、解读方式，即话语模式或说言说方式；广义的文化话语，就是话语模式及其相关的认知模式、思维模式、哲理模式，即文化话语四大模式或说四个层面。在某种程度与意义上，文化话语就是言说方式，就是认知方式，就是思维方式，就是哲学理念。我们之所以选择用"模式"而非"方式"来言说中西文化话语，乃是出于对"模式"一词所具有的，作为主体行为一般方式的普遍性、简单性、重复性、结构性、稳定性、可操作性的内涵的强调，而"方式"一词的内涵则是指言行方法样式。

与之相应，"话语权"意义两指：在世俗层面，就是指说话的权力。在学理层面与文化规则层面，就是指植根话语分析理论，一种学说、一个学科、一国学术、一种民族文化言说与书写的话语模式的制定权及其解释权。所谓"中国文化认同"，基于文化传播与接受的变异性，最终由"变易"的文化现象认同走向"不易"的文化话语认同。所谓"赢得民族文化话语权"，就是赢得中国文化话语的国际认同。植根话语分析理论的"失语"，即一种学说、一个学科、一国学术、一种民族文化的言说与书写，因非我的文化话语主导与自我的文化话语缺席，由此导致比附与削足适履，既非不能说话，亦非术语概念乃至理论建构缺失。也就是说，我们通常所说的学术失语也好，民族文化失语也罢，只能是指"文化失语"，也就是文化话语模式的缺失，乃至自我丧失。换句话说，学术失语、学科失语，背后所反映的是文化失语。为此，面对有关学者对中国现代"文论失语症与文化病态"说有意无意的误读，曹顺庆先生只好再三申明：我所谓作为文化病态的文论失语症，是指"我们根本没有一套自己的文论话语，一套自己特有的表达、沟通、解读的学术规则。我们一旦离开了西方文论话语，就几乎没办法说话，活生生一个学术'哑巴'。"[8]现代中国学术的失语所失话语，说得简单点，"就是指一定文化思维和言说的基本范畴和规则。"[9]"我讲的失语，实际上指的是失去了中国文化与文论的学术规则"，而不是说不能说话，或者是不会外语，或者是学问不好云云。[10]由削足适履的他人言说所导致的文化失语，又因对他者话语乃至由此建构的他者学说及其理念、方法、概念、术语的错用，从而成为双向失语。

以此类推，植根西方话语分析理论，意义建构指向语言交际，彰显权力关系的所谓"学科话语"或"学术话语"，那就是一门学科所体现的或由不同学科共同体现的学术话语模式及其相应的认知模式、思维模式、哲理模式。所谓"理论话语"，那就是某种理论学说的话语模式。所谓"民族文化话语"或"国别文化话语"，那就是一种民族文化或一国文化的话语模式及其相应的认知模式、思维模式、哲理模式。

二、中国文化话语、西方文化话语及其四大模式

在某种意义上，中西文化话语，就是作为中西文化及其相应学科门类生成机制，意义建构指向"集体无意识（Collective unconsciousness）"的中西文化"原型（The prototype）"，我们分别称之为"一元暨多元主义（Monism is pluralism）"与"一元暨中心主义（Monism is centralism）"。中国文化话语与西方文化话语，若是加以象征隐喻，相对印度文化话语暨"莲花文化话语"、伊斯兰文化话语暨"新月文化话语"而言，可谓"龙文化话语"与"斯芬克斯文化话语"，中西文化话语比较，由此走向龙与斯芬克斯的对话。

我们之所以选择以中国古代神话传说与古希腊神话传说中的龙与斯芬克斯作为中西文化话语的象征隐喻，这是因为：中国古代神话传说，龙不仅因行云施雨造福人类之美德与贤能而成为作为华夏民族共同体的集体崇拜物，而且如《大戴礼》、《说文解字》、《格物总论》等文献所言，龙乃头似驼，角似鹿，耳似牛，眼似兔，项似蛇，腹似蜃，鳞似鲤，尾似鱼，爪似鹰，掌似虎，声似飞鸟走兽，如豚如鲸，属于海陆空三栖动物，乃游鱼、走兽、飞鸟的多元集合，由此成为华夏民族及其文明，推崇事物的天人物我合一、一体多元、

---

8 曹顺庆，文论失语症与文化病态[J]，文艺争鸣，1996，（2）。

9 曹顺庆，中国文论话语及中西文论对话[J]，浙江大学学报，2008，（1）。

10 曹顺庆，再说"失语症"[J]，浙江大学学报，2006，（1）。

二元互包互孕、包容认同、和而不同的精神理念的象征隐喻。古希腊神话传说，斯芬克斯乃具有女人面庞与胸部、狮身与双翼的妖怪，前看是玉女，后看是猛狮，漂亮迷人的女人面庞与胸部，尽显依据神的形象创造出来的人类之美，乃西方文化注重美感的体现；健壮狮身与锐利狮爪，象征着人类所不具有的自然力量，乃西方文化推崇力量的体现；那人类与野兽都不具备的巨大双翼，乃西方文化追求自由的体现；来自于缪斯女神，用于刁难人类，以"人"作为谜底的谜语，充满神的智慧，乃西方文化热爱智慧的体现；既与人类势不两立，又遵从与诸神的约定，不成功便成仁，投海自尽，乃西方文化强调事物的天人物我自立、一元中心、二元对立、合作竞争的精神理念的象征隐喻。对此，《比较文学中国化》写道：

以龙为象征隐喻的一元暨多元主义中国文化话语，以"江河（黄河与长江）文化"——内陆农耕文化为母体；孕育于历史传说的天下为公，氏族同盟，王位推举、委任、禅让，个人特权不为组织、体系、法度所局限，传说中包括燧人氏、太皞（太昊）伏羲氏、炎帝神农氏、黄帝轩辕氏、少皞（少昊）穷桑氏、颛顼高阳氏、帝喾（帝俊）高辛氏、唐尧、虞舜、姒禹等在内的神圣时代（后文简称"'十神圣'时代"）；生成于文献记载的天下为家，王爵世袭终身，枪杆子里面出政权，贵族尊贵的夏商周三代（从孔子之说，后文简称"三代"）；定型于天下惟我独尊，帝王集权的秦汉魏晋时代；发展于广泛接受外来文化补充的唐代；分化于"佛教中国化"、基督教传入、海外商业贸易兴起与闭关自守互动的宋代；困顿于异族统治的元代；回归于趋向文化自恋的明清时代；变异于刺激反应、救亡图存、师夷制夷的鸦片战争到新文化运动。以对中国民众生活形成决定性影响的一元暨多元、一体多元、二元相生相克、互包互孕，多元互为主导与中心，内容涵盖"三元立局结构"、"太极阴阳模式"、"四季模式"、"五行模式"、"八卦模式"、"十二支模式"的"太极阴阳五行八卦模式"的成熟为标志；以《互纠式阴阳鱼太极图》为徽标。体现在话语模式上，那就是植根于意音文字汉字，立象尽意、象形会意、依经立义、比物连类、意义激发、语境成义、读象悟义的话语模式，习惯以非我的话语言说自我，以人说我、以物说人、以人证我、以物证人、以彼说此、互为中心，从而形成自我、他者、第三者的相辅相成，相反相成，互证互释，由此形成"言—象—意"、"言—不言—言不言"、"我（物）—物（我）—物我"、"相克—相生—顺生而反克"、"正—对—合"三元立局结构的意义建构方式、表述方式、解读方式，我们称作"习惯以非我的话语言说自我、互为中心"的话语模式。上述由"引入第三者"所建构的三元立局结构，因以伏羲作八卦与仓颉创书契为原型，因此而成为"三元谱系结构"。体现在认知模式上，那就是青睐天人合德、物我为一、人己不二的天人物我合一，"正"因有"反"而生成、"反"因有"正"而成立、正反相互成就而成就事物的相反相成、相对相成、相辅相成，将天地人、人鬼神、自我与他者、人类与自然、个人与社会等五大关系（后文简称"五大关系"），置于互为主导、互为中心、互为因果、对应对等的境地，我们称作"青睐天人物我合一、相反相成"的认知模式。体现在思维模式上，那就是以感悟、联想、比拟、连类为能事，倾向意象思维、诗性思维、感悟思维、经验思维的人文思维，双向思维、动态思维、圆象思维、全息思维的太极思维，我们称作"倾向人文思维、太极思维"的思维模式。落实于哲理模式及其形态结构，那就是一元事物由多元因子构成、多元事物复归一元形态的一元暨多元，事物的二元结构"显二含三"，成就于二元因子对应反生的互包互孕，我们称作"一元暨多元、二元互包互孕"的哲理模式。

以斯芬克斯为象征隐喻的一元暨中心主义的西方文化话语，以融会亚非欧三大洲的"两希（希伯来、希腊）文化"——海洋商业文化为母体；孕育于历史传说的荷马（Homer）史诗描述的个人特权受制于组织、体系、法度的氏族民主制"英雄时代"；生成于文献记载的希腊奴隶主城邦制民主政治时代，强化于个人借助组织、体系、法度成就特权的罗马帝国贵族专制政治时代；解放于个性自由得以恢复与强调的文艺复兴时代；发展于十七、十八世纪；创造了十九、二十世纪现代工业文明的辉煌。以对西方民众生活形成决定性影响的一元暨中心，二元对立统一，合作竞争，多元服从主导与中心的"基督教"定型为标志；以"十字架"为徽标。体现在话语模式上，那就是植根于表音文字希腊文、拉丁文、英文、法文、德文、俄文等，意义假设、约定俗成、归纳演绎、描绘叙述、意义规定、词句成义、读音识义的话语模式，习惯以自我的话语言说非我，以我说人、以人说物、以我证人、以人证物、以此说彼、自我中心，从而形成自我与非我、中心与边缘、主动与被动的二元对立，由此形成"言—意"、"言—在"、"主—客"、"正—反"二元体系结构的意义建构方式、表述方式、解读方式，我们称作"习惯以自我的话语言说非我、自我中心"的话语模式。体现在认知模式上，那就是青睐天人两性、物我两界、人己两立的天人物我自立，或合作或竞争、或与彼合作而与此竞争、物竞天择、适者生存的合作竞争成就事物的二元对立、强势主导、优胜劣汰，将天地人、人鬼神、自我与他者、人类与自然、个人与社会等"五大关系"，置于中心与边缘、主导与服从、是与非、善与恶、盟友与对手、非此即彼、彼此对立、合作竞争、同而不和的境地，我们称作"青睐天人物我自立、合作竞争"的认知模式。体现在思维模式上，那就是以假设、验证、分析、归纳为能事，倾向抽象思维、分析思维、演绎思维、假证思维的科学思维，单向思维、静态思维、因果思维、维度思维的逻辑思维，我们称作"倾向科学思维、逻辑思维"的思维模式。落实于哲理模式及其形态结构，那就是一元的强势及其主导之下多元的弱势、多元的边缘因子服从一元的中心因子的一元暨中心，事物的二元结构相互依存，相互转化，成就于对立统一，我们称作"一元暨中心、二元对立统一"的哲理模式。[11]

第二节　中西文化话语四大模式比较的目的与意义

所谓中西文化四大模式比较，就是从话语模式、认知模式、思维模式、哲理模式等四个层面，通过求同存异、互证互释的比较，来认识中西文化话语。其目的与意义，就群体而言，在于民族文化的外求与接受、传播与扩张、认同与利用的愿望满足；就个体而言，在于人类跨文化的认识他者、认识自我、为他者所认识、为他者所接受的愿望满足。因为无论是人类个体的跨文化双向认知，还是作为群体的民族文化的双向认知，其认知的方法与途径，就是中西文化比较。

一、民族文化的外求与接受、传播与扩张、认同与利用的愿望满足

人类作为懂得利用外物，乃至有《荀子·大略》"迷者不问路，溺者不问遂，亡人好独"，《荀子·劝学》"君子生非异也，善假于物也"之说，由此创造人类文明的灵长类动物，也是通过群体协作应对自然灾害、应对其他群体乃至非人类的侵害，同时展开与其他群体的竞争、对自然界的顺应乃至利用，创造生活资料，实现情感寄托与满足的群体动物。群体的相互依存，本身便决定了人类知识文化的外求。随着人类文明的进化，首先是生活资料，然后

---

11 徐扬尚，比较文学中国化[M]，北京：中央编译出版社，2013，169-177。

是爱情婚姻，接下来是艺术文化等，相继走向对异族群体的外求。或说物质文化的外求也必将升华为知识文化的外求。例如围绕衣食住行、群体关系建构、群体情感交流等生活方式而有的情意交流方式，语言文字的形态与媒介，服装制作的技巧及其样式，房屋建筑的技巧及其样式，生产工具与交通工具的制作技巧及其样式，家庭、族群结构及其内外关系建构，文化知识教育，艺术创作与哲学、美学等，无不在文化外求之列。

基于穷上反下，屈而伸、缺而圆、虚而实、满而溢的生态原则，或说文化外求只是弱势文化或体系不足的弱势文化的选择，这显然不是历史事实。历史上，文化外求的缺失却是坐井观天、夜郎自大、固步自封的孪生姊妹，而与文化的强势或弱势，文化体系的自足或不足无关。体系不足的弱势文化，固然可以通过文化外求，补充、壮大、完善、强化自己，甚至舍己为人，舍弃自我固有的文化而拿非我的文化当作自我的文化，或试图通过全面借用强势文化而使自己由弱势变成强势，例如古代日本文化、朝鲜文化、越南文化对中国文化的外求；体系自足的强势文化，同样可以通过文化外求，取他者之长，补自我之短，如虎添翼，锦上添花，乃至丰富自我，推动自身的变革与成长，例如古代中国文化对印度佛教文化的外求，古代印度文化对西域文化乃至希腊文化的外求，[12]古代西域文化对埃及文化与希腊文化的外求，古代古希腊文化对希伯来文化与埃及文化的外求。总之，世界上几大古老文明，莫不走的是文化外求之路。无论是群体还是个人，自我本位的学习他者，不仅不会使自我显得卑微与渺小，更不用说迷失自我，反而会让自我走向充实与强大。

如果细分，文化外求有主动外求与被动接受之分。现代中国文化对欧美基督教文化的外求，就是由早期的被动接受到后来的主动外求。弱势文化的文化外求，有非我本位的全盘异化或全盘移植与自我本位的有限借鉴或借人补己之分。现代中国文化外求于西方文化，所谓"西方化"与"本土化"、"西体中用"与"中体西用"的分别就在这里。

文化传播有无意的温和的文化辐射和传播与有意的粗暴的文化扩张与入侵之分。前者如同水往低处流，属于文化发送者的无意为之，接受者的有意请求；后者如同火旺而焚烧，属于文化发送者的有意为之，接受者的被动接

---

12 所谓"西域"即简称"两河流域"的地中海东岸幼发拉底河与底格里斯河流域及其周边。从自我中心出发，欧洲人谓之"中东"，中国古代文献称"西域"，这里回归中国旧称。此处所谓"西域文化"，就是两河流域文化。

受。例如古代中国的儒道墨文化、古代印度的佛教文化在亚洲的辐射和传播，即属于前者；现代欧美基督教文化对中国以及亚非拉美殖民地的扩张和入侵，即属于后者。只不过是拥有话语权的强势文化，一向是将自己的文化扩张和入侵打扮为促进世界文明乃至造福人类的文化辐射和传播而已。当然，现代西方文化在全世界的扩张和入侵，同基督教文化主张"非我的"天主拯救与英雄拯救，通过领会神旨与知识学习实现文化他觉，推行征服，谋求为我是从的理念不无关系；古代中国文化在东亚的辐射和传播，同儒家礼教主张自我的个体修身，通过格物致知实现文化自觉，推行教化，欢迎来学而不往教的理念不无关系。《礼记·曲礼上》说是："夫礼者所以定亲疏，决嫌疑，别同异，明是非也。礼，不妄说人，不辞费。礼，不逾节，不侵侮，不好狎。修身践言，谓之善行。行修言道，礼之质也。礼闻取于人，不闻取人。礼闻来学，不闻往教。"

由此可见，一部人类文化发展史，弱势文化的出路通常有两条：一是主动的文化外求或被动的文化接受；二是主动的文化异化或被动的文化异化。主动的文化异化例如现代中国的"全盘西化"之路；被动的文化异化则将现代香港文化等所有的殖民地文化网罗其中。而强势文化的选择则有三条途径：一是文化外求；二是文化传播；三是文化扩张。总之，民族文化的发展不是走向文化外求或文化接受，便是走向文化传播或文化扩张，自我满足乃至自我隔绝的归宿，就是自取灭亡。文化外求或文化接受也好，文化传播或文化扩张也好，其结果殊途同归：那便是促成民族文化的类同、类型化，由此形成内陆文化、草原文化、海洋文化，农耕文化、游牧文化、商业文化等文化类型。这种文化类同或类型化，主要是地缘性异族文化的外求与传播。突破地缘关系的异族文化的外求与传播，那就是走向非地缘性的异族文化外求与传播。其结果又促成两种文化类型的产生：一是建构于言说与书写、信仰与宗教、认知与思维之上的同一性文化，例如汉字文化圈、印度教文化圈、伊斯兰教文化圈、基督教文化圈等世界"四大文化圈"。二是建构于跨文化移民及其民族融合之上的多元性文化，例如多元文化杂处共生的加拿大文化、美国文化、澳洲文化、新加坡文化等。为此，二十世纪八十年代的美国出现了"文化多元主义（Multiculturalism）"之说。13

文化外求或文化接受，文化传播或文化扩张，文化同化或文化利用，若

---

13 参见朱世达，当代美国文化与社会[M]，北京：中国社会科学出版社，2000。

得以实现，有个前提，那就是文化认同：

对于外求或接受方来说，合心、有益、认可，则外求、吸纳，不合心、无益、不认可，便排斥、拒绝。例如：印度佛教文化在中国的传播，一开始便走的是一条文化认同的道路：佛教作为《牟子理惑论》所谓"异端"的"夷敌之术"初传中土，据《晋书·佛图澄传》说，汉代统治者"唯听西域人得立寺都邑，以奉其神，汉人皆不得出家。魏承汉制，亦循前例"。随即入乡随俗，《牟子理惑论》力倡"三教调和论"，变佛教本来的"无我论（无灵魂论）"为"神不灭论（灵魂不灭论）"。到魏晋南北朝，进而形成格义佛学：拿儒道学说诠释佛学经典。例如：在佛学讲说中，慧远"引庄子义为连类"；佛经翻译将梵语 tathatā 译为"本无"；宗炳撰《明佛论》，以世俗学说拟配佛理，支遁注《庄子·逍遥游》，将佛理融合世俗学说等。玄学化的般若学、涅槃学应运而生。虽出现了由儒学的范缜《神灭论》与道学的顾欢《夷夏论》、张融《三破论》发起的辩难为代表的排佛运动，佛学最终不仅挺了过来，而且在隋唐实现认同本土文化的本土化，形成"本土化佛教"禅宗与净土宗。唐代及其以后的排佛论虽然层出不穷，且涉足其中的韩愈、程明道、程伊川、朱熹等均为大家，但终究也未能阻挡佛学的中国化脚步。值得玩味的是：如同陆象山、王阳明的心学，程明道、程伊川、朱熹的理学同样接受了佛学尤其是禅宗的影响，却又反过来辟佛，结果因其潜意识的认同对知觉意识的反感的消解，以至难有新意。然而，狼的追杀成就了羊的奔跑速度：面对各种排佛理论，佛教学者在发展"三教调和论"的同时，进而提出儒道释"三教相资论"、"三教同源论"，促成三教合一，乃至有明代林兆恩合三教为一的"三一教"。总之，佛教在中国的传播，奉行的是通过认同中国文化来促成中国文化对佛教的认同的策略。

对于文化传播或文化扩张方来说，得到对方认同，便如同顺水推舟，事半功倍，得不到对方认同，便如同逆水行舟，事倍功半，甚至有劳无功。扭转局面的策略，那就是如何赢得对方认同。例如：欧洲基督教在中国的传播，始于唐代贞观年间，后因朝廷禁佛遭连累而中断；元代再次传入，元亡再次中断；明万历年间卷土重来，一上来便因难以放下以基督教教义开化中国国民之心，处处干预中国传统习俗，加之内部不和，虽然当时明清两朝皆奉行容忍各种宗教的政策，但是，还是因"中国礼仪之争"事件，于 1724 年被雍正下令禁止，与此同时，基督教遭到部分儒家士大夫的反对也就自然而然。

基督教在中国的传播，之所以能够在万历年间改变局面，由此卷土重来，原因有三：一是法、英、德、意、美等西方传教士利玛窦（Matteo Ricci）、汤若望（Johann Adam Schall von Bell）、南怀仁（Ferdinand Verbiest）、白晋（Joachim Bouvet）等，以传播科学知识与技能作为敲门砖，敲开士大夫与官府的大门，或充任钦天监监正，或作翻译与教师，在向知识分子乃至政府官员传授科学技术知识的同时，吸纳徐光启、李之藻、孙元化等加入基督教。二是基督教传教士们开始认同中国文化：学习汉语、满文，读中国经史，穿儒服，行中国礼仪，从事汉语诗文写作。三是基督教传教士们开始向欧洲译介中国文化：在欧洲译介、出版中国文史典籍的同时，通过出版在华见闻，向欧洲介绍中国文化。总之，得益于基督教传教士对中国文化的认同以及对中国文化传统的洞察与顺应。这个传统就是中国人的宗教热情不足而教育热情高涨。基于此，在某种意义上，西方来华传教士可以说既是首批西方汉学家，也是中国现代教育的开创者。十九世纪末来华的美国传教士明恩溥（Arthur Smith），便清楚地认识到"文化征服"中国乃至世界的意义。他在出版于 1907 年的《今日之美国与中国》中写道："从长远的观点看，英语国家的人民所从事的传教事业，所带给他们的效果必定是和平征服世界——不是政治上的支配，而是在商业和制造业，在文学、科学、哲学、艺术、教化、道德、宗教上的支配，并在未来的世代里将在这一切生活的领域里取回收益。"[14]美国伊利诺大学校长詹姆士（Edmund J James）1906 年给老罗斯福（Theodore Roosevelt）总统的一份备忘录，不仅陈述了对中国进行"教育投资"的意义，而且强调这是亡羊补牢。他说："哪一个国家能成功地教育这一代中国青年，那一个国家便将由于付出的努力而在精神上、知识上和商业的影响上获得最大可能的报偿。如果美国在三十五年前成就这件事，（有一度看来似乎有可能），把中国学生的留学潮引向美国，并不断扩大这股潮流，那么，我们今天通过对中国领袖们知识上、精神上的支配，就该在各方面精心的安排下最得心应手地控制中国的发展了。"[15]为此，还具体地提出了"退款办学"，将中国对美国的战争赔款返还中国，用于资助中国学生前往美国留学与在中国办学的方案，并得到老罗斯福总统的首肯，于 1908 年 5 月在美国国会获得通过。有资料表明：基

---

14 Arthur Smith, *China and America,* New York, 1907, p236. 顾长声，传教士与近代中国[M]，上海：上海人民出版社，1981，113。
15 顾长声，传教士与近代中国[M]，上海：上海人民出版社，1981，340-341。

于西方人，尤其是美国人，令中国"和平演变"的百年大计，十九世纪末二十世纪初的中国新式学校，百分之八十到九十都是由西方教会创办。其中的百分之八十到九十，又是由美国人创办。就是由中国人自己兴办且为数不多的现代学校，也多聘请外国人作教师乃至主事，尤其是美国人。为此，英国传教士李提摩太（Timothy Richard）提醒人们不要忘记：几乎所有的中国新式学校都是由美国人创办或主持。[16]

文化认同与利用的过程，原来又是文化比较的过程：就文化外求或接受而言，既然甲民族要外求或接受乙民族文化，那么，乙民族文化的引入势必要有益于甲民族的文化建设，乙民族文化更要能够为甲民族文化传统所适应，形成甲乙互补，而不能相互抵触，造成相互消解。那么，如何判断双方是否互补？只有通过比较。就文化传播或扩张而言，既然甲民族一定要用本民族文化对乙民族文化进行格式化，那么，甲民族就一定要搞清本民族文化一定能够为乙民族所接受，或者说甲民族文化有能力实现对乙民族文化的覆盖与改写。那么，如何判断双方势力强弱？也只有通过比较，这就应了那句老话：有比较才有鉴别。

二、人类跨文化的认识他者、认识自我、为他者所认识的愿望满足

在认识论层面，基于文化认同与利用的文化比较，其实就是认识包括自然、社会、他人在内的他者与认识自我，即知己知彼的问题。认识与自己有关系或没关系的人、事、物、环境乃至世界，认识所有自己不认识的事物，原来正是人类的本能，所谓求知欲、好奇心、上进心是也。反之，没有人类的好奇心、求知欲、上进心，也就没有人类的利用外物与知识外求，没有人类文化，无需细说。

需要细说的是：认识自我，原来又是认识他者的关键，或说认识自我与认识他者，构成了相反相成的关系。不能认识自我，便难以正确地认识他者；不能认识他者，也难以正确地认识自我。然而，人们通常只留意或说只知道认识他者，而忽视或者干脆不知道认识自我。因此，能否认识自我，有无自知之明，便成为认识事物的关键与认识水平的重要指标。这也正是中国先秦与古希腊圣贤的共识：在中国先秦，《老子·三十三章》说是："知人者智，自知者明。"《韩非子·喻老》说是："楚庄王欲伐越，庄子谏曰：'王之伐

---

16 参见徐扬尚，中国比较文学源流[M]，郑州：中州古籍出版社，1998，59-62。

越何也？'曰：'政乱兵弱。'庄子曰：'臣患智之如目也，能见百步之外而不能自见其睫。王之兵自败于秦、晋，丧地数百里，此兵之弱也。楚蹻为盗于境内，而吏不能禁，此政之乱也。王之弱乱非越王之下也，而欲伐越，此智之如目也。'王乃止。故知之难，不在见人，在自见。故曰：'自见之谓明。'"由此形成后世"人贵有自知之明"与"丈八的灯台，照见人家而照不见自己"的套语。在古希腊，"认识你自己！"作为希腊雅典神庙的神谕或格言，成为苏格拉底（Socrates）引以为自豪并向世人夸口的依据：苏格拉底先是说他是一个能够自知愚笨，即有自知之明的人，然后说作为能够认识自己的人，这正是神对自己的肯定，依据便是雅典神庙"认识你自己"的神谕或格言。

例如有种"伪失恋者"，只知道自己各方面的条件匹配其心仪对象都绰绰有余，自己对心仪对象的追求甚至是不无迁就的成分，然而，却不知道心仪对象对于婚恋的所思所想，所欲所求，情趣爱好，心理人格，由此陷入一厢情愿。表面上看，"伪失恋者"的失误在于不了解心仪对象，其实在根本上还是不了解自己，不清楚自己到底喜欢什么样的人，尤其不了解自己到底会为什么样的人所喜欢，适合与哪种人恋爱结婚。反过来说，一个连自己的爱情与婚姻追求以及自身条件都不了解的人，又如何能够恰当地选择追求对象？在日常生活中，这类事例司空见惯。

文化外求与接受、文化传播与扩张、文化认同与利用，又何尝不是如此？就文化外求与接受而言，无论是甲民族文化对乙民族文化的部分借鉴与利用，还是全面移植与接受，都要做到对文化接受、移植、借鉴、利用的双方，既"知其然"而又"知其所以然"，在认清乙民族文化"是什么"与"为何是（如此这般）"的同时，弄清甲民族文化"是什么"与"为何是（如此那般）"，然后才能进而明确甲民族文化对乙民族文化的部分借鉴与利用，或全盘移植与接受的可能与必要：是二元互补、两好和美，还是以此代彼、非此即彼，或是彼此争胜、彼此消解？是亲和力大于消解力，还是消解力大于亲和力？才能确定甲民族传统文化是否落后与过时乃至一无是处，乙民族文化是否就是甲民族的需要，是否适合在甲民族传统文化的土壤上移植乃至开花结果。就文化传播与扩张而言，无论甲民族文化对乙民族文化的传播，是文化霸权层面的强势文化对弱势文化的格式化，还是文化扶贫层面的强势文化对弱势文化的救济，都要做到对文化传播与接受双方，既"知其然"而又"知其所以然"，在认清乙民族文化"是什么"与"为何是（如此这般）"的同时，弄清甲民族文化"是什么"与"为何是（如此那般）"，然后才能进而明确甲民族文化传播乙民族的可能与必要：甲民族强行移植或好心移植到乙民族文化土壤上的甲民族文化，是否适应乙民族文化环境，能否开花结果？

由此看来，人类的认识注定是二元及其以上的，情形虽然有二种：相互认识，比较认识；终归是通过比较来认识，相互认识也是比较认识。总之，认识即比较。反之，这个世界根本就不存在对单一事物的认识，或说单一事物无从认识，因为单一事物无从比较。苏轼《题西林壁》诗云："横看成岭侧成峰，远近高低各不同；不识庐山真面目，只缘身在此山中。"正是这个道理：身处庐山之中，眼之所见是唯一的庐山，甚至是庐山的某个局部，从而失去他山的比较参照，难以全面认识。反之，要全面认识庐山，只有走出庐山，以周围群山乃至天下之山为参照系，形成比较；甚至要认识庐山的某个部分，同样只有走出这个部分，使这个部分与其他部分形成比较参照。

显然，如上所述，都是在普适性层面讲文化比较的目的与意义，具体到中西文化话语四大模式比较的现实目的与意义，那就是由此回答前文所述的五个问题：

第一，人类命运共同体意识、中华民族共同体意识、东亚共同体意识赖以生成的中国文化认同的本体，就是中国文化话语。更为具体地说，人类命运共同体意识、中华民族共同体意识、东亚共同体意识的一体多元、多元共生、同舟共济观念，生成于中国文化话语"天人物我合一、相反相成"的认知模式、"相反相成、全息圆象"的思维模式、"一元暨多元、二元互包互孕"的哲理模式。

第二，中国文化传统，也就是中国传统文化的生成机制，同样是中国文化话语。弘扬中国文化传统，就是弘扬中国文化话语，实现中国传统文化意义建构与解读、言说与书写的现代转换，古为今用，需要坚持中国文化话语。这是因为：中国文化话语正是生成中国传统文化之功用的本体。例如中医脉象理论与阴阳建筑风水理论等，其意义生成就是靠中国文化话语激发。反之，没有中国文化话语，就没有中医脉象理论与阴阳建筑风水理论等。

第三，中国现代化诉求的中国方式、中国特色、中国道路的意义生成机制，依旧是以中国文化话语为本体，贯彻独立于占据世界文化主导地位的西方文化话语之外的中国文化话语的中国现代化诉求，其意义建构及其表述与解读，自然形成中国方式，具有中国特色，开辟中国道路之功用，自我身份由此确立。

第四，西方学说的中国化，洋为中用，就是对以西方文化话语为意义生成机制的西方学说，予以贯彻中国文化话语的重读与重写，由此实现自我的品格与身份建构。

第五，造成"现代中国叙事"双向失语的中西文化话语的具体内涵，就是西方文化的一元暨中心主义话语与中国文化的一元暨多元主义话语及其相应的话语模式、认知模式、思维模式、哲理模式等四大模式。造成由意音文字汉字书写的"汉字文化圈"古典文献，转换成西方拼音文字乃至拼音化朝韩语与越南语现代文本的"不可译性"，正是中西文化话语的另类异质。中西文化话语的异质性，就在于一元暨多元主义文化话语与一元暨中心主义文化话语的相互生成、相反相成、互证互释。而中西文化话语的明确，无疑需要通过求同存异、互证互释的相互比较来实现。

第三节　中西文化话语四大模式比较的必要与可能

瞩目当今世界，占据世界文化主导与中心地位，历时两个多世纪的西方文化，物极必反，穷上反下，偏执偏枯，捉襟见肘成为常态；与之相对应，包括中国文化、印度文化、阿拉伯文化、拉美文化在内的非西方文化，绝地反弹，逐渐崛起，由此酝酿的世界文化由一元化到多元化、由西方化到全球化转型的国际文化大语境，已经形成。世界文化多元化与全球化语境之下，已露穷上反下之端倪的西方文化与谋求东山再起的中国文化，殊途同归，共同走向文化外求与利用，进而形成异质文化对应互补的内在需求。回顾历史，源远流长，双流并行，对应互补，相反相成的中西文化，有着文化外求和相互外求的历史与传统。如此等等，从而使当今中西文化话语四大模式比较成为必要与可能。

一、世界文化由一元化到多元化、由西方化到全球化的转型

两个多世纪以来，一直以一枝独秀的西方基督教文化为主导与中心的世界文化，正悄悄进入由一元化到多元化、由西方化到全球化的文化转型期：

一方面，当今世界的经济领域逐渐实现能源、资金、人才、技术、市场的全球共享，各种跨国公司、经济合作组织如雨后春笋；中央集权制国家身份神秘的贵胄子弟，中国殖民时代时称"康白度（comprador）"的买办，如今早已成为市场经济的弄潮儿，内外贸易与投资的主体，买办行为，不仅早已

实现经济开放招商引资的华丽转身，而且是红白黑三道通吃，取得外籍的买办，则成为外商投资；网络化的信息技术，更是直接培育了经济领域的网络意识。如此等等，无不预示着一个经济全球化时代的即将到来，或说已经到来。例如：因巴西（Brazil）、俄罗斯（Russia）、印度（India）、中国（China）、和南非（South Africa）英文首字母集合与砖（Brick）相似而被称之为"金砖国家（BRICS）"，用以特指世界新兴市场。原来，这一概念却是由美国高盛公司首席经济师吉姆·奥尼尔（Jim O'Neill）于2001年首次提出，原为"金砖四国"。再例如：美国两大股市纽约证券交易所与纳斯达克证券市场，莫不属于国际化股市；中国的改革开放，就是经济市场向国际开放。又例如：作为高科技王国的美国硅谷（Silicon Valley），无疑由谷歌、惠普、英特尔、苹果、思科、甲骨文、特斯拉、雅虎等高科技公司所支撑，而以所在区域的斯坦福大学、圣塔克拉拉大学、圣何塞州立大学、卡内基梅隆大学西海岸校区，以及非所在区域而作为研究人才资源和毕业生来源的伯克利加州大学、戴维斯加州大学、圣塔克鲁斯加州大学、东湾州立大学等高校为依托，然而，上述高科技公司人才与高校师生则来自世界各地。

另一方面，二十世纪六十年代后，欧美的亚非拉美殖民体系逐渐崩溃；九十年代，苏联解体，东欧巨变，国际政治两极对抗的"冷战时代"宣告结束；新世纪初，美国华尔街金融风暴席卷全球，"美国优先"政策引起包括欧亚盟友在内的世界各国的相应抵制，无形中动摇了美国在国际政坛上的惟我独尊；与此同时，经济发达的法国、德国、英国、日本等，谋求经济发展的"金砖五国"等，具有挑战性的伊朗、土耳其、古巴、委内瑞纳、朝鲜等，都在试图突破极权政治大国美国话语独白的遮蔽，在国际政坛上，乃至各种国际场所，发出各自的声音；各种地缘政治同盟，例如阿盟、欧盟、东盟、非盟等应运而生。如此等等，莫不预示着一个政治多元化时代的即将到来或说已经到来。

再一方面，伴随着帝国主义殖民统治在全世界的遍地开花，以及十八至二十世纪欧洲基督教在世界各地的扩张和入侵，尤其是欧洲之外的教会教育的兴办，基督教文化借助基督教传播与教会办学，在世界各地不同程度地实现了文化渗透，从而奠定了日后的文化教育市场全球共享；再加上经济全球化因素，使意识形态至上国家拿文化教育作为一元化政治喉舌的日子难以为继；新的全球性移民潮有涨无退，类似加拿大、澳大利亚、新西兰、美国、新加坡等移民国家的国别文化多元化已成趋势。如此等等，莫不是在预示着一个文化多元化时代的即将到来或说已经到来。

如果说弱肉强食的农牧时代，是由武力决定强弱输赢，通过武力逼人臣服、抢夺人口、掠占资源而走向强盛的"武力时代"；那么，有资金与能源便有了一切的工业时代，便是由资金与能源决定强弱输赢，利用经济优势打造军事、政治、文化、教育优势而走向强盛的"经济时代"；而以文化教育领导世界潮流的全球化时代，则是由文化教育决定强弱输赢，依靠先进的文化教育培育领先于时代的政治、经济、军事、文化教育人才，进而建构良好的政治、经济、文化、教育体制并营造良好的政治、经济、文化、教育氛围，最终得以令全世界的能源、资金、人才、技术、市场为我所用而走向强盛的"文化时代"，也就是当下所谓"知识经济（Knowledge Economy）时代"。

总之，新世纪或未来的世界，必将是一个能源、资金、人才、技术、教育、市场世界共享的经济全球化，由地缘政治推动的政治多元化，由人才和教育世界共享与移民浪潮共同推动的文化多元化的世界。文化的多元化，一方面使民族文化的自足发展成为过去，使文化外求与接受、文化传播与扩张、文化认同与利用成为必然；另一方面又使追求文化生态平衡成为必要，也就是使隶属不同体系、具有不同特性、来自不同地域的民族文化的多元共生、和而不同、对应互补、相反相成、相克相生成为必要，从而使不同体系、不同特性、不同地域的民族文化在对外交流中保持自身的特色成为必要。而中西文化作为世界"四大文化圈"中另类异质、对应互补、相反相成、相克相生的两大文化体系，在世界文化实现由一元暨中心、二元对立的一元化，到一元暨多元、二元反成的多元化转型的大语境之下，相互间的可比性及其文化比较的必要性与可能性，也就可想而知。

二、另类异质的中西文化，殊途同归文化外求与利用

中西文化的另类异质、相对生成、对应互补、相反相成、相克相生，由植根于一元暨中心主义文化话语，占据当下世界文化主导与中心地位的现代西方社会学说，失之于科学思维、逻辑思维的"假设推论"，偏执偏枯，"大胆假设"亢奋，"小心求证"缺失，从而使国际主义、集体主义、人类大同等理想主义陷入空想，科学精神陷入唯科学，民主精神陷入群众暴力，需要植根于一元暨多元主义文化话语的人文思维、太极思维"知行合一"，"三岁孩儿

虽道得，八十老人行不得"，知易行难的中国文化观念的补救，可见一斑：

人类货物交易，经历了一个由以物易物到以货币为媒介，再到以数字符号为媒介的过程。如果以物易物乃至以货币为媒介，是以个体为主导的农业社会的交易手段，是古代文明的特征；那么，以数字符号为媒介，便是以群体为主导的工业社会或资本社会的交易手段，是现代文明的特征。资本、工业、市场，由此成为现代文明的三大指标。西方现代文明的三大指标，既要求群体协作，又不能牺牲个体的个性与自由，否则便会失去创造激情或难以形成群体协作的合力，从而在文化建构上形成相反相成的一枚硬币的两面：

一面是推崇个体、独立、自由化、个人主义的自由民主政治、自由市场经济、自由选择与自由意志的文化教育。政治、经济、文化、教育上的个人主义、自由化，就是遵守契约的市场经济，由此形成自由贸易、金融操控与炒作；就是坚持法治的自由民主政治，由此形成政治民主、政治操控与炒作；就是尊重个人选择与个人成功，由此形成追求个性发展、追求创新、成功至上的文化教育。不妨称之为"个人主义文化"。个人主义文化的建构，显然是以自由市场经济为立足点，由经济体制建构制约乃至决定政治、军事、文化、教育体制建构。经济发达的美国、英国、法国、德国、澳大利亚、日本、韩国、新加坡等既是资本主义国家也是个人主义文化国家。个人主义文化既创造了发达国家的经济繁荣并推动了世界经济的发展，也创造了一次又一次的全球性经济危机。在某种意义上，周期性的经济危机与经济繁荣，正是个人主义文化的一对孪生姊妹，轮流上台。

一面是推崇集体、合作、模式化、集体主义的集权政治、集体经济、意识形态化教育。政治、经济、文化、教育上的集体主义、模式化，就是政治的集体决策与集体专制，由此生成个人代表集体的个人专制；就是经济的集体占有与集体垄断，由此形成国家集体经济与统筹经济；就是文化教育的意识形态化与模式化，由此形成泯灭个性与创新激情的模式化意识形态教育。不妨称之为"集体主义文化"。集体主义文化的建构，显然是以集体占有、集体垄断、集体专制为立足点。由政治体制建构制约乃至决定经济、军事、文化、教育体制建构。集体占有、集体垄断、集体专制的苏联、德意志民主共和国、南斯拉夫、罗马尼亚、保加利亚、阿尔巴尼亚、波兰、捷克斯洛伐克等，既是社会主义国家也是集体主义文化国家。集体主义文化，虽然为社会主义国家的无产阶级带来了政治平等与政治民主，实现中国古代农民起义的奋斗目标，

"等贵贱，均贫富"，"耕田有其田"，使封建政治的"民不患贫而患不均"，成为社会主义国度的历史，却未能改变其经济上的相对贫穷，而且使个人的独立自由意志沦为各种服从，尤其是在个人主义文化取得现代自由民主政治与经济现代化的巨大成就的比照参照之下，更加显得难以与历史的脚步合拍，最终导致苏联乃至东欧社会主义阵营的解体，东德与西德的合并，将继续坚持集体主义文化的国家逼上改革之路。在某种意义上，政治上的等贵贱、经济上的均贫富与政治上的单向服从、经济上的相对普遍贫穷，正是集体主义文化的一对孪生姊妹，只不过是二者同时上台也同时下台。

究其根源，无论是个人主义文化还是集体主义文化，现代西方社会学理论的致命缺陷有二：一是以"假设推论"作为理论建构的基础；二是基于一元暨中心主义文化话的"偏执一端"。从而忽视乃至放纵了人性对权力、声誉、财富、色情的贪欲，并使之合法化乃至崇高化。

不能不说，正是因为英雄主义文化对主导外物、征服自然、积极进取、成功至上的偏执，才会出现 1986 年的切尔诺贝利核电站与 2011 年的日本福岛核电站核泄漏，由此引起世界核恐慌。正是因为个人主义文化对财富贪欲的放纵与合法化，才会导致日常经济生活三大见怪不怪的现象：一是企业巨额亏损乃至倒闭，企业高管的天文年薪却分毫无损。二是房市与股市中的房民与股民等，"眼前有路忘缩手，身后无路想回头"（《红楼梦》语），不按行情即经济规律下单。三是基于只要没有证据证明其财富占有是"非法的"，没有法律规定其财富占有是"非法的"，就意味着或等同于"合法"，因此被视为"合法"的法治理念，使体系不健全的法律，反过来又成为逃避法律监督、利用乃至玩弄法律的金融诈骗、洗钱、垄断、剥削等经济犯罪的"保护伞"。其典型事例就是集体主义文化向个人主义文化转型的发展中国家，官商同体、官商勾结、外官内商、父官子商、夫官妻商、兄官弟商的"康白度现象"与"白手套现象"，发达国家的"庞氏骗局"现象，前者形成既得得益集团的"黑金帝国"，后者发现之日也就是其危害不可挽救之时。同理，正是因为集体主义文化对权力贪欲的放纵与合法化，才会出现现代集权政治史上的两大见怪不怪现象：一是个人服从集团组织，在下者服从在上者；高层利益和意志便是集团组织利益和意志，便是国家与社会利益和意志。反之，得罪和反对当权者便意味着得罪和反对集团组织，得罪和反对组织高层便是得罪和反对国家与社会。当权者能上不能下，永远在岗，除非因内部斗争而倒台，组织高层终身制，永远当权；当权者永远正确，组织高层英明崇高，职位高低就等于知识水平高低，上层当权者永远居于教育下层当权者的地位，当权者无时无刻不可以教育广大民众；当权者因此而成为民众的领路人，高层因此而成为救世主与民众崇拜的偶像。换句话说，高层乃至各级当权者享有特权而没有责任，没有制约，没有监督。二是基于牺牲个人利益和意志以维护集体利益和意志，当然最终沦为维护既得得益集团利益和意志的政治理念，民众生活贫困往往被忽略不计；民众自由意志沦为对集体意志的服从；民众独立人格沦为对集体国格的认同；民众基本生存需求沦为对集体利益的奉献和对集体意志的忍耐；以民众身份与个人名义贪污受贿、索拿卡要打砸抢、错误决策且造成重大损失，乃至错杀无辜等，既是犯罪也是犯法，而以领导身份与组织名义贪污受贿、索拿卡要打砸抢、错误决策且造成重大损失，乃至错杀无辜等，虽然犯罪却并不犯法。

令人不解的是，如果说英雄主义与个人主义文化创造了现代经济建设的辉煌，那么，集体主义文化则处于初级实践阶段，为何也会有如此之多的追求者，坚信不疑且为之奋斗？原来根源于十九、二十世纪西方文化正向思维、单向思维、因果思维、分析思维、逻辑思维之下的集体主义者们的"科学万能观"，将自然、社会、人类自身全都纳入科学研究的范畴，视自然研究、社会研究、人文研究等所有学科及其理论为科学。然而，实践证明，由假设、实验、分析、归纳、推论、演绎等构成的科学方法，只是自然科学的方法，对于难以成为实验、分析、归纳、推论、演绎的对象的人类精神意识则无能为力，至于社会现象研究，科学方法也只是有限适用，因为许多社会现象通常受制于人类的情感意志。因此，我们以为，自然学科应称作"自然科学"，所谓"人文科学"，则应当称作"人文学科"，至于社会研究的学问，到底可以不可以称作"科学"，到底是哪几门学科可以称作"科学"，而哪几门学科却不能称作"科学"，值得商榷，有待进一步研究。

话到此处已不言自明，个人主义文化的各种市场经济理论与集体主义文化的各种集体社会理论，之所以忽略人性的贪欲，正是基于"理论假设"的结果。各种市场经济理论与各种集体社会理论，之所以没有关于如何防范人类贪欲的内容，是因为理论建构者心目中"假设推论"的市场经济的参与者，包括既得利益者，与集体社会的建设者，包括当权者，不存在贪欲的问题。

或说事实恰恰说明，应当将社会学研究纳入"科学"的范畴，各种市场经济理论与各种集体社会理论的建构，应当遵循先做出理论假设，然后付诸有限实验，成立则推广，不成立则放弃，有缺陷则弥补，有错误则修正的科学方法。然而这个"或说"本身也是一个"假设"，因为：一方面，社会学理论建构者难得是当权者，他们无力进行相应理论试验。另一方面，整个西方历史上也没有哪个社会学理论建构者，是在对自己假设的社会学理论予以实践验证之后，再公布于世。再一方面，社会学理论建构者并非理论实践者，社会学理论建构与实践，二元自立。例如设想出"理想国"的柏拉图（Plato），并未致力于理想国的开创。原来，社会学理论建构者在无意识中，只热衷与满足其理论建构者角色，而不去充任理论实践者，股票理论建构者，既不以炒股为职业，也不是股票经纪人，房地产理论建构者，既不以炒房为职业，也不是房产经纪人，或说他们的兴趣在于理论建构，而不在于理论实践，他们只管理论建构好不好，而不管理论实践能否成功；在知觉意识中，他们则相信自己的理论建构只要在理论上可行，实践中也必然会成功。换句话说，社会学理论建构者根本就没有考虑到，自己还要对自己建构的社会学理论的实践，尤其是失误乃至失败担负责任。

那么，市场经济理论与集体社会理论的建构者为什么会只满足理论建构者角色与追求理论建构上的成功？市场经济理论与集体社会理论的应用者为什么会只想到成功而没想到失败，拿可能当作必然？那就是受制于作为集体无意识的一元暨中心主义西方文化话语的结果。二元对立统一观念导致知行分离，理论与应用分离；正向思维、单向思维、因果思维、分析思维、逻辑思维，导致只进不退，只考虑成功而不考虑失败，偏执一端，拿可能当必然。总之，现代西方文化的成功在于"偏执"，偏执追求、进取、竞争、创造、求新、平等、自由，为此而敢想敢干，殚精竭虑，全力以赴，从而创造了现代西方的市场经济与民主法治政治的辉煌；失误仍在于"偏执"，偏执追求、进取、竞争、创造、求新、平等、自由，为此而赤膊上阵，不进天堂便下地狱，从而最终难逃欧美周期性的经济危机、乌克兰与日本的核泄漏、苏联解体与东欧巨变、发达国家与发展中国家共有的群众暴力及其被利用等。

三、中西文化的文化外求和相互外求的历史与传统

无论是迎接世界文化多元化与全球化时代的到来，还是积极推进另类异质的中西文化的彼此外求与对应互补，对于中国人来说，显然都不成问题；

但对于美国人来说，还得具体问题具体分析。顾名思义，西方文化的弊端及其衰退，已经成为德国历史学者斯宾格勒（Oswald Arnold Gottfried Spengler）《西方的没落》的话题。斯宾格勒认为，欧洲过去的历史文化研究，并非是对世界历史文化的整体观照，而是选择其中小部分作样本，加以推理与演绎，并非是按各种历史文化形态的自身特点，来诠释与理解其意义，而将许多非西方的伟大历史文化，勉强塞入自己预先设计的框架，因此，既不全面也不真实。为此，斯宾格勒强调，要按照各种历史文化形态的自身特点，来诠释与理解各种历史文化形态。[17]这一开明见解为美国哥伦比亚大学阿裔比较文学教授萨义德（Edward Said）所认同，他在《东方学：西方对于东方的观念》中指出：在西方学者、作家、旅行家、媒体看来，东方（主要是指阿拉伯世界）是非理性的、堕落的、幼稚的、不正常的；而西方则是理性的、道德的、成熟的、正常的。西方就是以这种宰制的架构来围堵、再现东方。为此，萨义德主张，西域阿拉伯世界应建立自己的文化认同，以抵制西方帝国主义的文化霸权，同时，极力反对美国政治学者哈佛大学教授亨廷顿（Samuel Phillips Huntington）的"文明冲突论"。如果说斯宾格勒与萨义德都认为西方的文化霸权不应当继续存在，让世界文化回归其多元化时代，那么，亨廷顿想到的则是在新世纪的世界文化注定回归多元化的历史语境之下，如何维护西方文化霸权的继续存在。当然，亨廷顿《文明冲突》与《文明冲突与世界秩序的重建》所使用的字眼，并非文化霸权及其诉求，而是"颇具平等意味"的"文明冲突"与"文明对抗"，从而将西方恃强凌弱的文化霸权，说成是面对文化入侵时的文化自卫，或是天经地义的物竞天择、适者生存的文化竞争，为此而将未来的多元化世界，解读为基督教文明、伊斯兰教文明、印度教和佛教文明、儒教文明等鼎足而立与相互冲突，令非西方文明成为西方文明的"假想敌"。综上所述，只说明一个问题，那就是西方文化穷上反下的弊端日益彰显，西方文化的衰退已是历史必然，西方文化的世界文化中心与领导地位将为世界文化的多元共生所替代，多元化的世界文化也就是不同文化形态多元互补、相互外求、相辅相成、相反相成、相克相生、和而不同的世界文化。而亨廷顿等西方学者将其解读为文明冲突与对抗，显然站不住脚。

---

17 参见[德]斯宾格勒，西方的没落[M]，上海：上海三联出版社，2006。

首先是不合逻辑。从逻辑上讲，如前文所述，致力于文化扩张和入侵者，必定是强势文化，否则，自取灭亡；致力于文化封闭和对抗者，若非强势文化也必定是与敌对文化旗鼓相当的文化，否则，自取灭亡；选择文化外求者，可以是所有的奋发图强的文化；选择文化封闭者，可以是所有拒绝发展的文化。换个角度讲，任何一种文化体系的存在，都是一个滋生、成长、强盛、衰退的过程。而进入衰退期的文化体系，必将面临两种不同的选择，也必将导致两种不同的结果：一是自我解构，通过文化外求实现文化重建；二是选择自我封闭，文化对抗，最终走向消亡。因此，走向衰退的西方文化，只能选择文化外求，如果选择文化对抗，那就是自取灭亡，因为拒绝文化外求的西方文化，只能加速衰退，即使能够与正在绝地反弹、重新崛起的儒道墨文化、伊斯兰文化乃至印度文化相对抗，其旗鼓相当的日子也不会太久。当然，亨廷顿所谓的"文化对抗"，其实是要西方文化利用当下尚未丧失的文化强势地位，对尚处于劣势地位的非西方文化进行打压，以此阻止非西方文化走向强盛，从而与西方文化平起平坐乃至分庭抗礼。所谓"文化对抗"，无非是"既要当婊子又想立牌坊"的说辞。当然，其潜意识机制却在于西方文化的"假想机制"，或说"唐吉诃德机制"：通过假想一个竞争对手乃至敌人，来鼓舞斗志，自我鞭策；通过假想一个目标，来激发斗志，自我诱导。

其次是既不懂中国历史与文化传统也不懂西方历史与文化传统，或说忽视了中国与西方的历史和文化传统。如英国哲学家罗素（Bertrand Arthur William Russell）所言："不同文化之间的交流过去已被多次证明是人类文明发展的里程碑。希腊学习埃及，罗马借鉴希腊，阿拉伯参照罗马帝国，中世纪的欧洲又摹仿阿拉伯，而文艺复兴时期的欧洲则仿效拜占庭帝国。"[18]西方文化自古希腊的克里特时期起，即得益于文化外求、认同、利用，尤其是对另类异质的埃及文化等东方文化的外求、认同、利用。西方文化的外求主要有五次，或说五个时期：希腊、马其顿、罗马时期，希腊文化对东方埃及、巴比伦等先进文化的外求，对周边马其顿、罗马等后进文化的认同；中世纪，希腊罗马文化对希伯来宗教文化的外求，对欧洲边缘文化与东方阿拉伯文化的认同；十七、十八世纪，西方文化对东方文化尤其是中国文化的外求与认同；十九、二十世纪，西方文化对世界文化尤其是中国文化的外求与认同；二十世纪六十年

---

18 [英]罗素，中西文化比较[A]，一个自由人的崇拜[C]，长春：时代文艺出版社，1988，8。

代后，西方文化同化世界的一元化与后殖民文化战略。始于明清时期的基督教中国化虽尚未达到佛教中国化的程度，但是，如前文所述，基督教教会借助兴办学校和医院，吸收中国留学生等传播西学，已经成功地使西方文化渗透到中国文化之中。与之相对应，文化外求、认同、利用，也正是华夏强盛的基础或标志。反之，闭关锁国的华夏便是走向衰弱的华夏，例如宋代与明清时代。华夏的振兴也必定由恢复对非我的异质文化的外求、认同、利用开始。中国的文化外求主要有三次，或说三个时期：汉魏六朝至唐宋时期，中国文化对印度佛教文化的外求与认同；鸦片战争至"五四"新文化运动时期，中国文化对现代西方文化的外求与认同；二十世纪改革开放至今，对当代西方文化的再次外求与认同。其中，不得不承认的是：现代中国文化建设的策略失误正是全盘西化；伴随改革开放对西方当代文化的外求，中国留学生源源不断地涌向西方，且学成不归者为数不少，即使是公派；然而，当下中国涌向西方的移民潮主流并非这些前往欧美留学而学成不归者，而是在改革开放中富裕起来的新兴资产阶级和同拜金、奢华、享乐等字眼相联系的文艺界明星。

至此，中西文化对抗的问题便一目了然：假若出现中西文化对抗，西方人将移民西方的中国知识分子、新兴资产阶级、文艺明星置于何地？欧美各国来自东方或具有东方文化知识背景者，会不会参与中西文化对抗？更不必说西方文化首先要对抗，而且正在对抗的是阿拉伯文化；标榜平等、自由、民主的西方文化与受植根于种姓制度的等级秩序理念制约的印度文化，也必定是道不同而不相为谋，不是同盟联手便是竞争对手，或说为了共同的利益与目标，此时此地结盟，为了各自的信念与利益，彼时彼地对立，这是一方面。另一方面，即使有如同亨廷顿的西方人乐意挑起中西文化对抗，早已包容与认同基督教文化，且有着推崇冤家宜解不宜结，相逢一笑泯恩仇，退一步海阔天空，忍一时风平浪静的传统，历史上更有既礼拜恩德者也礼拜强恶者的"受虐文化情结"的中国人，也不会接招。反之，回顾历史，瞩目现实，中西文化的相互外求与包容认同及其比较，可谓历史必然。

第四节　中西文化话语四大模式比较的方法与原则

中西文化交流由来已久，有中西文化交流就有中西文化比较，或说中西文化交流本身就意味着中西文化比较；尤其是十九至二十世纪，伴随基督教文化的对华扩张，以及基于救亡图存、师夷制夷的现代中国文化建设，文化外求的浪潮更可谓轰轰烈烈，乃至偏执偏枯，然而，却未能进入方法论层次，或说上升到学科层面。不过，伴随已经历时百年的欧美比较文学在二十世纪末走向对比较文化的认同，比较文学的方法与原则，倒是完全可以挪用于比较文化。中西文化比较乃至中西文化话语四大模式比较自在其中。因为假如比较文化成为一门学科，势必将比较文学、比较哲学、比较史学、比较语言学、比较艺术学、比较教育学等比较类学科收入囊中，从而成为比较文学的扩大化。换句话说，比较文化与比较文学，只有研究范围的大小之分，而没有研究方法、策略、原则、立场之别。现在分别叙述如下：

一、中西文化话语四大模式比较的方法与路径

顾名思义，中西文化话语四大模式比较的方法就是比较。然而，比较性学科所谓"比较"，有指向"对比"的普通意义上的比较与指向"比较、参照、跨越、会通"的学科意义上的比较之分。[19]因为在学科理论建构层面，研究方法的选择与应用，往往立足既定的研究对象与研究目标。而中西文化话语四大模式比较的对象，与其说是中西文化话语，倒不如说是中西文化话语的相互关系。例如：（1）具有直接关联的中西文化话语的传播与接受关系；（2）没有直接关联而有待建构联系的中西文化话语的异同关系；（3）没有直接关联却已经建构联系的中西文化话语的比较、参照、会通关系。作为中西文化话语关系研究的比较，显然具有比较、参照、跨越、会通之意。上述中西文化话语的三种关系，由此形成致力于中西文化话语关系会通的三种对象性方法类型：（1）考证传受，追查变异，简称"传受变异研究"；（2）求同存异，比物连类，简称"异同比类研究"；（3）相互阐释，彼此发明，简称"阐释发明研究"。三者合称"会通研究"。[20]

其实，中西文化话语四大模式比较乃至所有比较性学科的比较方法，归根结底，还是依赖，或说还是最终回归比较、参照、分析、综合、归纳、演绎、考证等常规与常用方法。至于中西文化话语四大模式比较的上述学科性方法，同时也是研究对象，又是研究类型，实属于研究对象、方法、类型的三位一体。

---

19 徐扬尚，无用之用：比较文学的学科特性[J]，中外文化与文论，2008，（15）。
20 徐扬尚，会通研究：比较文学的研究方法[J]，甘肃社会科学，2011，（4）。

由此看来，中西文化话语四大模式比较的方法只能是立足异同比类研究。因为历史上另类异质的中西文化话语并不构成影响关系；而本课题的深层目的，又在于通过中西文化话语四大模式比较，来实现中西文化话语的归纳乃至建构；彼此间的阐释发明自在其中，而又不足以特别突出；再说，即使中西文化话语比较上升到学科层面，也只能隶属于中西文化比较，而不便独立门户。为此，我们依据语言文化的意义建构、表述、解读所呈现的过程、形式、规律、特性，设立话语模式、认知模式、思维模式、哲理模式等四大标志性文化话语要素，由此构成文化话语结构及其分析归纳的四大模式：

显然，真正体现中西文化话语另类异质的因子，无疑就是以文字为标本的话语模式。这是因为：不容置疑，另类异质的西方表音文字与作为意音文字的中国汉字及其书写，体现或代表了不同的话语模式。意音文字汉字，立象尽意、象形会意、依经立义、比物连类的话语模式，以及由此形成的意象性、语境性、谱系性，赋予由汉字媒介书写的中国文化以相应的话语模式，那就是"习惯以非我的话语言说自我，互为中心"。具体表现在如下四个方面：一是作为意音文字的中国汉字，生成于立象尽意，象形会意；二是立足汉字及其书写话语模式的中国文化话语模式，倾向依经立义；三是由汉字媒介书写的中国文化的思想表达与文艺创作，热衷比物连类；四是由汉字媒介书写的中国文化话语模式，习惯以物说人，以人说我，以彼说此。与之相对应，西方表音文字意义假设、约定俗成、归纳演绎、描绘叙述的话语模式，以及由此形成的抽象性、结构性、体系性，则赋予由表音文字媒介书写的西方文化以相应的话语模式，那就是"习惯以自我的话语言说非我，自我中心"。具体表现在如下四个方面：一是由植根于腓尼基字母的希腊字母与罗马字母奠定的西方字母文字，生成于意义假设、约定俗成；二是立足字母文字及其书写话语模式的西方文化话语模式，倾向归纳演绎；三是由表音文字媒介书写的西方文化的思想表达与文艺创作，热衷描写与叙述；四是由表音文字媒介书写的西方文化话语模式，习惯以人说物，以我说人，以此说彼。

中西文化话语模式的明确，具体地说，就是表音文字与意音文字汉字话语模式的明确。说得再具体点，就是表音文字及其书写的假设性、规定性、抽象性、结构性、体系性等特性，意音文字汉字及其书写的既定性、传承性、意象性、语境性、谱系性等特性的明确。从而使现代以来，是选择非此即彼，偏执一端的"文字革命"与"文化革命"，通过汉字拼音化，最终走向表音文字的道路，通过"拿来主义"，最终实现中国文化的西方化道路，还是坚持简易、不易、变易三位一体的"文字变革"与"文化变革"，走保持汉字特性的不变，通过借鉴表音文字有益经验，实行汉字简化与体系建构革新的道路，走保持中国传统文化特性不变，通过借鉴西方文化有益经验，实现由传统到现代转型的文化变革的道路，不再成为悬念。这是因为：一方面，任何一种源远流长，经久不衰的文字，以及由其书写的文化，终归有其赖以流传与兴盛的合理性，或优越性；能够借鉴与吸收其他文字文化之长的文字文化，才是具有生命力的文字文化；各有所长的文字文化，往往形成对应互补，任何人都没有理由将某种文字文化消灭。另一方面，与汉字同为世界"四大意音文字"的北非圣书字、西域楔形字、中美洲玛雅字，都是由异族入侵而导致消灭，而非自我毁灭。可是，人类古代历史上，往往是文化发达的民族为文化欠发达的民族所战胜，战胜者反过来又被其所战胜的民族文字及其书写的文化所同化，或说入侵者反过来认同被入侵者的文字文化。当然，这种文化认同往往会因为二者的民族性差异而发生变异。换句话说，民族之争的失败者，往往具有政治体制固化、官僚弄权腐败，价值信念扭曲、变态，生活享乐、奢华，武力涣散、软弱的共性，且作为"亡国四要素"互动互应，以政治体制乃至价值信念为根本，而与语言文化的发达与否无关。与之相关，近代以来，中国学术界长期盛行的，拿西方文化话语言说中国文论、文学、政治学、历史学、经济学、教育学乃至整个中国文化，却以汉字汉语作为言说与书写媒介，结果造成削足适履，使有关用汉字书写与用汉语解读的西方文学、政治学、历史学、教育学乃至整个西方文化，陷入误读，已是不争的事实，无须争论。这是因为：表音文字及其书写的西方文化，意音文字汉字及其书写的中国文化，话语模式自成体系，分别由表音文字与汉字书写的文本，需要以相应的表述与解读方式来表述与解读，否则便容易造成误读。

那么，中西文化话语模式又是基于什么样的认识？课题由此进入中西文化话语认知模式比较，由中西神话、宗教、军事、文艺、教育等认知模式比较可见。当然，中西文化话语认知模式并不局限于这五个方面，而是体现在中西文化的各个方面，又例如政治、经济、历史、哲学，尤其是涵盖婚姻、生育、家庭、居住、服饰、饮食、吉庆、丧葬的民俗等。基于中西文化话语四大模式比较的课题重在归纳、定位及其比较，因此无须面面俱到，有上述五个方面足矣，将政治、经济、历史、哲学、民俗的事例放到思维模式下叙述，也有利于避免行文重复；这五个方面的比较，旨在诠释相应的中西文化话语认知模式的界定，无意在相关学科中建言立说，虽然有关见解对相关学科的专业研究也许不无启发，因此势必难以符合相关学科研究的目的与话语模式，若以相关学科研究的目的与话语模式要求中西文化话语认知模式比较与哲理模式比较，也就难免陷入求全之毁。其实，以不同于神话、宗教、军事、文艺、教育研究的专业视角的比较、参照、跨越、会通的视角来看待相关问题，关注其现象与问题的不同层面，对于相同的现象与问题，给出不同的思考，原来正是我们的追求。说到底，中西文化话语四大模式比较对比较、参照、跨越、会通的比较理念与方法的贯彻，也势必导出不同于以神话、宗教、军事、文艺、教育为本位的研究结论。

原来，近代以来的西风东渐，或说中西文化交流，中国文化的西方化道路，或说"西学为体，中学为用"之说，陷入死胡同，并不表明"中学为体，西学为用"的道路，或说以中国文化"化西方"之说，就是正确的。因为不同的话语模式及其相应的认知模式，本身又是相应的思维模式的体现。中国文化"习惯以非我的话语言说自我，互为中心"的话语模式及其相应的青睐天人物我合一、相反相成的认知模式的双向思维、动态思维、圆象思维、太极思维，西方文化"习惯以自我的话语言说非我，自我中心"的话语模式及其相应的青睐天人物我自立、合作竞争认知模式的单向思维、因果思维、静态思维、逻辑思维，不言而喻。显然，以自我为中心的"中学为体，西学为用"之说，如同以非我为中心的"西学为体，中学为用"之说，同样属于西方文化的单向思维、正向思维，而非中国文化强调互为中心的双向思维、反向思维。其实，自从近代的西风东渐以来，学界长期盛行在思维模式层面言说中西文化话语的另类异质，偶尔论及哲理模式，而较少涉及认知模式，尤其是话语模式。因此，对中西文化话语思维模式在话语模式和认知模式中的具体表现的分析，将使我们由"知其然"进入到"知其所以然"。

原来，正是创造近代"中体西用与西体中用"之说的单向思维与正向思维，创造了西方文化史上所谓"认识你自己"、"最美的猴子比起人来也是丑的"、"走自己的路，让别人说去吧"、"愚者用肉体监视灵魂，智者用灵魂监视肉体"、"为了达到目的，可以不择手段"、"他人就是地狱"等体现一元暨中心、二元对立统一哲理模式的套语箴言；与之相应，也正是变西方单向思维与正向思维的"中体西用与西体中用"之说为"互为体用"之说的中国文化传统的双向思维与反向思维，创造了中国文化史上所谓"道生一，一生二，二生三，三生万物"、"九九归一"、"一月映万川"、"祸兮福之所依，福兮祸之所伏"、"失败乃成功之母"、"置之死地而后生"、"物极必反"、"乐极生悲"、"否极泰来"、"水至清则无鱼，人至察则无徒"等体现一元暨多元、二元互包互孕哲理模式的套语箴言。中西文化哲理模式比较同样可以具体落实到中西文化认知模式比较的神话与宗教等五个方面，二者可互证互释。

中国诗词的"诗眼"与绘画的"点睛"之说提醒我们，通过设立相关的切入点或知识点，形成聚焦效应，三言两语便将读者带入悬念，引发深思："是这样吗？""为何是这样？""会是这样吗？""为何会这样？"同样可以用作中西文化话语比较的方法与策略。这个形成聚焦效应的切入点或知识点，就是至今未能得到学界应有关注的，足以让人对一元暨多元主义与一元暨中心主义的中西文化话语顾名思义、一目了然的，中国文化"一元暨多元的非亲缘结构神谱"、"英雄始祖为自然界神灵感人类而孕育的英雄传说"、"神鬼正邪互包互孕的神人自然三界"、"人的神化即神的自然化神话"、"具有认亲情结的神话"，"善恶神鬼同祭共祀的宗教"、"与异教相反相成的宗教"、"多元化宗教"，"军政一体的军事"、"既追求胜利又不求胜利的军事"、"既追求损人利己又追求敌我双和的军事"、"认同的军事"，"热衷表现普通的人性、生活、和谐的文艺"、"追求中和的文艺"、"热衷塑造正人异像的文艺"、"热衷比德，美丑正邪善恶相反相成，天人物我互为中心的文艺"、"热衷以人证我与以物证人的文艺"，"信息双向传递的启发式教学"、"有教无类、因材施教的教学"、"学养素质型教育"，与西方文化"一元暨中心的亲缘结构神谱"、"英雄始祖为神人相交生育的英雄传说"、"神正魔邪等级界限分明的神人自然三界"、"人的神化与神的人化神话"、"具有仇亲情结的神话"，"祭神咒魔的宗教"、"一神独大的宗教"、"与异教势不两立的宗教"、"一元化宗教"，"作为政治延伸的军事"、"追求胜利的军事"、"敌死我活的军事"、"对抗的军事"，"热衷表现英雄与冲突的文艺"、"追求情感与道德极至的文艺"、"热衷塑造正人正像的文艺"、"热衷表现崇高、唯美，美化正义而丑化邪恶并使之二元对立的文艺"、"以人类和自我为中心的文艺"、"热衷以我证人与以人证物的文艺"，"信息单向传递的讲授教育"、"模式化与程序化教育"、"知识技能型教育"等。如果人们愿意承认中西文化上述分别或差异的客观存在，或说认为对中西文化上述分别或差异的异质性认定不无道理的话，那么，就不妨以上述问题作为"知识点"或"切入点"，以点带面或由此入手，对上述知识点所代表的知识层面，由话语模式到认知模式，再到思维模式与哲理模式，进行不断深入的思考，于是，中西文化话语的全面比较便水到渠成。

二、中西文化话语四大模式比较的原则与立场

语言文化的立场与原则，其实是互包互孕的一事两名：立场是原则的角度、出发点；原则是立场的制度化、程序化。通常原则即立场，立场即原则，可以互换。中西文化话语四大模式比较的原则与立场主要有四项：一是三同一原则；二是相对性原则；三是平等对等原则；四是互为中心原则。

所谓"三同一原则"，就是中西文化话语异同比类研究，必须坚持由移形换位所确立的同一平台、同一标准、同一目标。因为根据常理，人不与狗比，所谓"非类不比"或说"另类不比"；花之白不与玉之坚比，所谓"异质不比"或说"异质难比"。据此，另类异质的中西文化话语也就不具有"可比性"。可是事实并非如此，虽说人与狗不可比道德或美丑，却未尝不能基于"三同一原则"，对人与狗的体貌、行为、品性予以求同存异，从而有"丧家狗"、"走狗"、"摇尾乞怜"之说；同理，也未尝不能基于"三同一原则"，对花与玉的色调予以比物连类，从而有"面若桃花"、"花容月貌"、"如花似玉"之说。正是以此为基础，名家先贤惠施与公孙龙建构了他们极尽逻辑思辨的"合同异"与"比坚白"之说。关于文化话语四大模式或四个层面的设定，即是对"三同一原则"的体现与坚持。[21]

所谓"相对性原则"，就是对中国一元暨多元主义文化话语与西方一元暨中心主义文化话语另类异质的定位及其具体比较，均属于"相对而言"，意义有二：一是指二者互为前提，相对生成，相反相成；二是指体现的程度、层面、倾向不同。因此，所有涉及中西文化话语及其相应层面的诠释，无不可在具体诠释之前加"相对而言"、"比较而言"、"两相比较"、"更加"、"更为"、"更多的是"、"更倾向"、"更注重"等等字样，即在诠释中国文化话语时加"相对西方而言"，在诠释西方文化话语时加"相对中国而言"；后文若是未加上述文字，也无不可以，或应当视为"基于常情常理的前提省略式表述"。这是因为：

一元暨多元主义与一元暨中心主义不过是中西文化传统的主流，而并非

---

21 徐扬尚，论比较文学的可比性[J]，江西社会科学，2010，（6）。

中国文化只有一元暨多元论，西方文化只有一元暨中心论。本体论与认识论的一元论、二元论、多元论、中心论，同样存在于中西文化之中。反之，一元暨多元主义在中国文化与一元暨中心主义在西方文化中，并非是在所有的时候、所有的学科、所有的层面都处于主流或中心地位，对此，须具体问题具体分析。为此，我们特意在"以非我的话语言说自我"与"以自我的话语言说非我"的中西文化话语模式之前加"习惯"二字，在"天人物我合一"与"天人物我自立"的中西文化认知模式之前加"青睐"二字，在"人文思维"与"科学思维"的中西文化思维模式之前加"倾向"二字，以此明确并强调其相对性。

另一方面，我们说中国文化注重经验、感悟、实践、体验，倾向言行并重、知行合一、理论建构与实践应用合一，习惯执其两端而用中、瞻前顾后、自我反省与自我满足，西方文化注重假设、推理、思辨、分析，倾向言行独立、知行偏执、理论建构与实践应用偏执，习惯偏执一端、凡事向前看、外求他者与他者满足，并非是说西方文化就不注重经验、感悟、实践、体验，没有言行并重、知行合一、理论建构与实践应用合一、瞻前顾后、自我反省与自我满足，中国文化就不注重假设、推理、思辨、分析，没有言行独立、知行偏执、理论建构与实践应用偏执、凡事都向直前、外求他者与他者满足，只不过是程度不同，侧重不同，同一特征体现的文化层面不同而已。读钱钟书《管锥编》，便不难看到西方人类似"言不尽意"、"文难载道"、"一多反成"、"反向思维"等等，体现中国文化特性的种种言论。

对相对性原则的坚持，同时意味着我们的中西文化话语四大模式比较立足于就事论事，课题围绕中西文化话语的求同存异来展开，而非对中西文化的全面检讨：既非中西文化发展史及其比较研究，也非中西文化批评史及其比较研究。

所谓"平等对等立场"，就是对话的立场。没有平等就没有对话，不平等的对话，不是强势文化话语的单声独白，便是强势文化话语对弱势文化话语的教训，或弱势文化话语对强势文化话语的附和；没有对等就难以对话，例如中西文化话语四大模式比较，只能对双方的文化话语三阶段进行对等比较，而不能拿一方的生成及其强化阶段比另一方的孕育阶段或变异阶段，不对等的对话，只能是对话双方没有共同话题，没有交流，没有结果的自言自语。因此，希腊城邦时代，希腊文化对埃及与希伯来文化的外求，也即是东西文化比较，汉魏至唐宋的儒道墨文化对印度佛教文化的外求，也即是中印文化比较，因其坚持平等对等的立场而形成对话；而现代西域阿拉伯文化与现代中国文化对欧美基督教文化的外求，也即是东西文化比较与中西文化比较，前者则因双方都坚持自我中心而造成文化对抗，后者则因现代中国文化坚持"反传统"的全盘西化立场，从而成为西方文化独白的"伪西化"。这是从大处着眼，从细处讲，通常既不能拿一方的优势、长处比另一方的劣势、短处，更不能拿一方的成就、建树比另一方的缺失、错误，尤其做所谓"优秀与低劣"、"进步与落后"、"过时与摩登（modern）"、"文明与野蛮"的分别，乃至为其贴标签，总之是不能以一方否定另一方。

所谓"互为中心立场"，就是放弃单向思维、正向思维的自我中心，坚持双向思维、反向思维的互为中心。就中国学者与阿拉伯学者而言，在拿中国文化与阿拉伯文化的理论学说，观照、诠释西方文化的同时，再拿西方文化的理论学说，来反观、诠释中国文化与阿拉伯文化；西方学者反之。其实，互为中心的立场同样是对话的立场，既要站在自我的立场上看问题，以自我的理论、视角观照非我、证释非我、言说非我，同时也要站在对方的立场上看问题，以非我的理论、视角观照自我、证释自我、言说自我，实现相互观照、彼此发明、互证互释。现代中国文化外求欧美基督教文化的全盘西化，正是因为只考虑到中国的诉求，而没有考虑到文化移植的水土不服，更没考虑到所移植的西方文化中有精华也有糟粕，有理论假设经过实践验证而形成的成功经验、理论学说，也有理论假设因未经实践验证而形成的理论学说假想，从而使现代中国文化建设沦为西方文化普世化的理论学说假想试验。汉魏至唐宋的儒道墨文化对印度佛教文化的认同，正是因其坚持互为中心而形成儒道释合一的佛教中国化，而非儒道墨对佛教的格式化或佛教对儒道墨的格式化，禅宗作为儒道释的混合体，首先还是佛教。追求天地之间惟我独尊的现代欧美基督教文化与阿拉伯伊斯兰教文化的对抗，正是因为只考虑到彰显自身的诉求，而没有考虑到文化对抗的两败俱伤。

与互为中心密切相关的是互为本位。二者在相关语境下，可以互通互换而又有所区别："本位"即看待问题的视角、视阈、立场、原则；"中心"即立足自我本位的惟我独尊，或立足非我本位的惟其独尊。自我本位即立足自我的视角、视阈、立场、原则看待问题，并不将自我的意志强加于非我；自我中心即以自我的立场、原则、意志为中心看待问题，将自我的意志强加于非我，令非我边缘化，成为宰制对象。非我本位与非我中心与之相反。话语霸权即生成于强势话语的自我中心而非自我本位；民族虚无即生成于弱势话语的非我中心而非非我本位。中西文化话语比较离不开自我本位与各种非我本位，即换位思考，设身处地，但是，不能搞自我中心与各种非我中心。

具体说来，中西文化话语比较的目的，在于通过比较、参照、会通，认识双方，促成双方的互证互释，对应互补，而不在于强调其好坏优劣、进步落后、高级低级、要得要不得。上述所谓"通常既不能拿一方的优势比另一方的劣势，更不能拿一方的成就比另一方的缺失"之说，就是针对"以一方否定另一方"的自我中心，或非我中心的立场而言。反之，若是坚持互为中心的立场，通过一方的优势来认识另一方的劣势，通过一方的成就来认识另一方的缺失，取长补短，扬长避短，不仅可能，而且必要。

中西文化比较在中国由来已久，而中西文化话语比较则是二十世纪的事情。现代知名学者王国维、梁任公、陈寅恪、吴宓、陈垣、钱穆、辜鸿铭、牟宗三、熊十力、徐复观、唐君毅、冯友兰、梁漱溟、梁实秋、陈序经、胡适之、周树人、周作人、钱钟书、季羡林等，无不涉足其中，见解纷呈，如群星闪烁于夜空。他们的论述大致包括两类：一类是有感而发，兴尽而收，或是对中西文化总体全局的观感，或是对某个层面的观感；一类是以中西哲学比较、中西文化比较、中西文化精神比较、中西艺术精神比较为题，分设若干话题加以讨论。晚于上述前辈学者的台港与大陆有关学者的成果，则多属于第二类，且多采用西方话语模式，运用西方理论话语写作。可是，尚未见到立足话语模式讨论的体系建构，我们现在正试图做这方面的尝试。不过，伴随着世界文化多元化与全球化时代潮流的到来，世界文化研究走向比较文化研究自不必细说，伴随着民族文化外求，民族文化研究，也不可避免地置身于世界文化语境之下，从而走向比较文化研究；而中国的比较文化研究首先要做的就是中西文化比较，中西文化话语四大模式比较自在其中。学科走向综合的比较性学科，基于学科细分应运而生，比较性学科的兴起，又反过来推动学科细分，从而为中西文化比较独立于比较文化之外创造了条件，这也正是中西文化话语四大模式比较的前景。

现代中西文化比较，一个既不容忽视又不容否认的现象，也是应当引起反思的现象是：主张中体西用者，包括两类学者，或是知中而不知西，西学功底不及中学功底者，例如林纾，或是西学功底较好，爱中学而精通西学者，例如辜鸿铭；主张西体中用者，主要是并不以学问见长，稍知西学而因借用心切对其顶礼膜拜的文化改良乃至文化革命者，例如谭嗣同。学贯中西者，例如陈寅恪、吴宓、钱钟书、季羡林等，则莫不主张中西文化互为体用、相反相成、对应互补。作为全盘西化倡导者，学贯中西的陈序经与胡适，原来却是醉翁之意不在酒：陈氏乃基于体用之辨，认为现代中国物质产品乃至技术，也就是文化之"用"的西化，已是不争的现实，本身就决定着中国精神文化，也就是文化之"体"的西化方向，本意在于强调现代中国学习西方，由产品到文化即由物质到精神的"彻底西方化"或说"本质西化"，之所以不提名实相符的彻底西化或本质西化，反而坚持矫枉过正的全盘西化，旨在坚定不移地反对中国现代化建设，中西本位设定的"折中派"与"复古派"；[22]胡氏本意是要提倡"充分西方化"，[23]因此随后改用"充分世界化"说，更是在认同陈氏全盘西化主张的同时，建议陈氏放弃过于偏执的"全盘"之说而改用温和的"尽量"之类字眼。这显然是那些在同辈学人中既不以西学见长又非中学佼佼者，只是因为革命情怀而跟风呼喊全盘西化口号者始料未及的。如何看待这种现象，显然涉及中西文化比较能否回归其学术本位的问题。

由此得到的启示有二：一方面，中国现代化诉求的西化，不能只要西方的产品乃至技术之"用"而不要西方的制度乃至文化理念之"体"，正确的西化态度是由用而至体。这是因为：体不离用，用不离体，体用不独生。体用分离的跨文化模仿与移植，势必导致异化，由此形成的西方化，也只能走向"变异西化"。另一方面，中国现代化不能实行断章取义的拿来主义，只学习西方民主与科学精神，而不问法治与实证精神。正确态度是学习西方的民主、法治、科学、实证精神，落实民主、法治、科学、实证制度建设。这是因为：民主与法治、科学与实证相反相成，民主靠法治来保障，科学的假设靠实证来成就，使有效的假设成为学说、原理，使无效的假设成为"假想"、"假说"；与此同时，民主、法治、科学、实证既是精神也是制度，因此有"落实为制度"之说。断章取义的跨文化模仿与移植，势必导致异化，走向变异西化，成为东施效颦。综上所述，因此而有新世纪继续学习西方的"西方学说中国化"之说，其本义就是由用至体，全息观照的彻底西化，学习西方文化精神，直

---

22 参见陈序经，中国文化的出路[M]，北京：中国人民大学出版社，2005。

23 胡适，充分世界化与全盘西化[A]，胡适文集（第五册）[C]，北京：北京大学出版社，1998，453-455。

达西方文化话语。同理，弘扬中国传统文化，也就是文化之"用"，最终落脚于弘扬中国文化传统，也就是文化之"体"，直达中国文化话语，所谓"彻底弘扬"是也。这是因为：例如《老子·六十章》所谓"治大国如同烹小鲜"的用民适度，《荀子·王制》所谓"庶人安政，然后君子安位"，"水则载舟，水则覆舟"的物极必反治国理念，其意义生成机制在于拿烹饪、舟水说政治，立象尽意、比物连类的言说方式，和光同尘，外我而有我，无人物我合一、相反相成的认知方式，祸福相依，害人害己，反向思维、双向思维的思维方式，关键是行天道，以民众为国家。换句话说，实现上述治国理念的关键在于贯彻上述言说方式、认知方式、思维方式，能否做到国家就是民众的国家，民众就是国家，国家利益与意志就是民众利益与意志；反之，将集体与民众、在上者与在下者置于二元对立地位，强调在上者教导在下者，集体利益高于民众利益，为此而好大喜功，令苛政猛于虎，贪腐毒于蛊，则是上述治国理念的反动。现代人要学习古人"治大国如同烹小鲜"治国理念，关键是贯彻其"一元暨多元主义"文化话语，而不只是满足于掉书袋，苛政贪腐依旧在，民众侧目怨秋风。一言以蔽之，学习西方文化，彻底西化！弘扬传统文化，彻底弘扬！

第一章　中西文化话语模式比较

　　如绪论所述，话语模式的具体意义包含三层：第一，话语属于语言现象。作为语言现象，话语已超越口头语言与书面语言及其言说与书写，囊括形体语言、符号语言、行为语言、反动语言及其言说与书写，从而成为"广义语文"。第二，话语模式研究关注的不是语言自身意义，而是言外之意，也就是广义语文的谁在言说与书写、谁在倾听与解读，谁被言说与书写、谁被倾听与解读，如何言说与书写、如何倾听与解读，言说与书写者与被言说与书写者是什么关系等。第三，话语模式研究最终落脚于广义语文的意义建构及其表述与解读方式。

　　话语模式作为文化的意义建构及其表述与解读方式，就是指一个事件、动作、符号，一种事物、姿态、场景等，本身并无实际意义，或言外之意，或特别意义，通过相应的言说、书写与解读，使之具有或说被赋予相应的实际意义、言外之意、特别意义。那么，汉语意音文字及其言说与书写的中国文化，运用何种方式实现其意义建构及其表述与解读？那就是具体落实于"立象尽意、依经立义、比物连类、以人说我"四项原则的习惯以非我的话语言说自我、互为中心的话语模式；西语表音文字及其言说与书写的西方文化，运用何种方式实现其意义建构及其表述与解读？那就是具体落实于"意义假设、归纳演绎、描绘叙述、以我说人"四项原则的习惯以自我的话语言说非我、自我中心的话语模式。试对应比较分析如下：

第一节　立象尽意与意义假设

一、意音文字与表音文字

（一）形意文字、意音文字、表音文字：文字发展史三阶段

文字乃书写人类情感思想与文明创造的图形符号。世界各地诸多民族都创造了文字。若是以能否实现按照语词顺序而无遗漏地书写，作为判定文字是否成熟的标志，那么，绝大多数原创性文字都因未能进化到成熟阶段而被学界统称之"原始文字"，这是文字发展史第一阶段。由于原始文字通常以象形会意为主，不能表音或偶然表音，不具有语言性质，属于象与意"二元立局结构"，文字类型学因此称之"形意文字"或"表意文字"。常见原始文字包括刻符、岩画、文字画、图画字四个层次。刻符与岩画以单个而且分散的字符为意义单位，后人不能连读，难以解读本意并理解功能目的，因此不视为文字，而视为文字滥觞。文字画与图画字，作为大体定型符号单位，具有文字性质；但是，却不能按词语次序书写语言而外求于口头传授，因此具有超语言性。中国汉字前身八卦乃至数字卦符号与彝文、东巴文、格巴文、水书等即被学界归入形意文字。

形意文字经过万年进化到古典时期，进入文字发展史第二阶段，形成图形符号既代表语素又代表音节，体现为言象意三元立局结构的"意音文字"。高度成熟的意音文字主要有四种：一是西域"两河流域"苏美尔人的"楔形字"，又称"丁头字"；二是北非埃及人的"圣书字"；三是东亚华夏人的"汉字"；四是中美洲玛雅人的"玛雅字"。时至今日，四亡其三，仅留下汉字作为意音文字传承者。

如今已知情况是：替代楔形字与圣书字的是三千一百年前开始流行的表音文字"比拨罗字母"。比拨罗字母一经形成便四面开花：东传一支形成"阿拉马字母"谱系，一路演化生成"希伯来字母"、"阿拉伯字母"，以及"印度字母"体系的各种字母；西传一支形成"迦南字母"谱系，一路先后演化生成"腓尼基字母"、"希腊字母"、"斯拉夫字母（西立尔字母)"、"罗马字母（拉丁字母)"；南传一支形成"撒巴字母"系统。由此进入文字发展史第三阶段，形成图形符号以语音表注的"表音文字"。第二次世界大战后，拉丁字母随之通行二百余国而成为国际通用字母，西方表音文字由此通行世界，主导世界文化的书写。至此，中西文字比较便成为由汉字传承的意音文字与由西方语

文主导的表音文字两种文字类型的比较。

（二）由汉字传承的意音文字与由西方文字主导的表音文字

言象意三元立局结构的楔形字、圣书字、汉字、玛雅字等世界"四大意音文字"，不仅古老而且成熟，更是高度发达的"两河文化"、埃及文化、华夏文化、玛雅文化等世界"四大古文明"的书写媒介，或说世界四古大文化依赖其书写而传承。除玛雅字外，其他世界三大意音文字不仅经历了各自由繁到简的形体结构变化，而且经历了异族传播过程中由意音文字到表音文字的变异，其中楔形字与圣书字都因此而消亡。

楔形字在五千五百年前的西域"两河流域"便已经高度成熟，原是图形字，只用笔画体。因使用簪状苇杆笔在软泥板上压写，笔画呈楔状或丁头状故名。基于书写工具簪笔与泥板以及书写方法压写的限制，楔形字难以形成曲线，因此只有楷体。不过，楔形字有单体符号与合体符号，也即是"文"与"字"之分，前者多起源于指事和象形，后者多变成会意和形声。楔形字书写不同时代的苏美尔语、阿卡德语、巴比伦语、亚述语等长达三千年，异地传播又成为诶兰语、喀西特语、赫梯语、米坦尼语、胡里语、乌拉尔图语、波斯语、卡帕多西亚语等语言的书写媒介，在公元前夜为简便实用的字母文字所替代。楔形字的简化与异化，先是"书写巴比伦语的丁头字向'形声化'发展，大量减少基本符号"，后是"书写亚述语的丁头字进一步减少基本符号，其中的表音符号有音节化的趋势"，接下来，埃兰文"把丁头字大胆简化成只有一百一十三个符号，其中八十个变成音节字母。最后，丁头字传播到波斯帝国，发生更大的变化：波斯只用四十一个符号，除四个'词符'（王、州、国、神）以外，都变成音节字母"，[1]楔形字由此被字母文字挤出历史舞台，或说让位于字母文字。

圣书字在五千年前的北非尼罗河流域便已高度成熟，开始也是图形字，后来演变成由希腊人命名的三种字体：一是主要用于建筑和墓葬装饰的"图形体"，又称"圣书体"。外形为图形，功能已变成意符和音符。二是起初用于日常书写，后来用于经书传抄的"僧侣体"。三是由僧侣体简化而来的实用体"人民体"。因古埃及人视文字为神圣，故有"圣书"或"神文"之称。由于以羽管书写纸草，而纸草则容易脆裂，因此，圣书字难以形成直线，从而以

---

1 周有光，比较文字学初探[M]，北京：语文出版社，1998，20-21。

草体为主，又出于装饰艺术的需要而形成篆体。圣书字虽然创造了相当于"声旁"的表音符号，但却始终坚持意音制度。圣书字具有先进的意音符系统，从中可以分析出二十四个单辅音符（后增加到三十个）、七十五个双辅音符（常用五十个），但是不单独使用，而是与意符或定符结合成形声字。圣书字向南传播麦罗埃，成为麦罗埃表音文字的母体："采用简化的圣书字作为字母，创造本国的表音文字，共有二十三个符号，其中两个是音节字母，其它是辅音和元音字母；字体分为两种：图形体采自圣书字的碑铭体，草书体采自圣书字的人民体。"与北来的希腊字母共同书写柯普特语："古埃及语的后裔'柯普特语'用三十二个字母，其中二十五个借用希腊字母，七个来自圣书字的人民体。"[2]同样享寿三千年的圣书字，在公元五世纪寿终正寝，柯普特语也于公元十四世纪消亡，偶用于基督教活动。

汉字在三千三百年前的黄河流域便已高度成熟，不仅至今仍在应用，而且由于毛笔与纸张的相继产生，带来毛笔书写简牍与纸张的灵活性，原来同样属于刻画的图形体甲骨文、金文，也进而演变成可曲线书写并随意放收的楷体、草体。汉字由原来以单音节字词为主，发展为以双音节词与多音节词为主。汉末"反切"与唐代"三十六字母"可谓汉字拼音化滥觞；1918 年推出的"注音字母"与 1958 年推出的拉丁化"汉语拼音方案"，使字母与拼音成为汉字辅助手段。不过汉字由意音文字到字母文字的异化，如同楔形字与圣书字，则是异族传播的结果。秦汉及其之后，汉字广泛传播，应用于中国的南方与北方、东亚与东南亚。北传辽夏金地区，契丹人、女真人、西夏人仿照汉字创造契丹文字、女真文字、西夏文字；东传朝鲜、日本，朝鲜人用于书写朝鲜语的吏读和乡札，进而创造用音素字母拼写音节的方块字谚文，日本人用于书写日语的万叶假名，进而创造音节字母假名；南传广西壮族地区与越南，越南京族用于书写京语，进而创造越南汉字喃字，壮族用以书写壮语，进而创造壮族汉字壮字。

玛雅字至今已有二千年历史，曾经在拉丁美洲使用了一千五百年之久，只有图形体，以树皮纸与头发笔为书写工具。不幸的是，在十六世纪为入侵者西班牙人所毁灭。第二次世界大战后，俄罗斯学者揭开玛雅文字独特形体的面纱，看到其类似汉字的意音文字机制：不仅有单体符号、复合符号、语词组合三层次之分，而且符合由意符、音符、定符构成的"三书"功能原理。

---

2 周有光，比较文字学初探[M]，北京：语文出版社，1998，21。

周有光强调，由指事、象形、形声、会意、转注、假借构成的中国"六书"，作为汉字的造字与用字原理，同样可以说明其它类型相同或相近文字的造字与用字原理，玛雅字就在其中。[3]

总体看来，意音文字属于外形不同，结构类似，均由意符、音符、定符三类符号组成，立足表意和表音的语言书写，能够完备地按照语词次序书写语言的古代文字。

普遍看法是：西域"两河流域"商业民族闪米特人，基于记账的简便与实用，改造楔形字与圣书字等意音文字表音符号为字母。最初的字母只能表示音节及其辅音，属于"音节—辅音字母"。西传希腊后，演变成既能表示辅音也能表示元音的"音素字母"斯拉夫字母、拉丁字母等。拉丁字母生成于公元前七世纪，到罗马帝国时代，伴随着成为欧洲文化源头的古希腊、古罗马文化而占据欧洲文字主导地位；在文艺复兴时代，又成为许多新兴国家的文字；伴随着美洲新大陆的发现与欧洲海外殖民地的开辟，在亚洲、非洲与拉丁美洲都得到广泛传播与应用。总之，那里有欧洲殖民者、传教士、商人，那里便有拉丁字母；欧洲文化所到之处，拉丁字母自在其中。

言与意二元立局结构的表音文字暨字母文字包括三类：

一是音节文字。包括两个层次：（1）以字符表示音节，一个音节可以有多个字符的字符音节文字；（2）以字母表示音节，一个音节只有一个字符的字元音节文字。音节字母又三分种：（1）整体音节字母；（2）变形音节字母；（3）分音音节字母。例如由汉字变异而来的朝鲜谚文，由三个层次构成：基本符号为音素字母，叠合方块为音节字母，字母和汉字的混合体为意音文字。"从音节字母层次来看，谚文有二千多个叠合方块，是一种大'字符集'文字；音素字母是分音符号，而阅读单位是叠合的音节字母。因此，谚文在'音节文字'中有它的一席地位。"日文则只有两个层次："从'假名文字'来看是音节文字，从假名和汉字的混合体来看是意音文字。谚文比日文多一个音素层次。"[4]

二是辅音文字。有广义与狭义之分：狭义的辅音文字，通常只写辅音而不写元音。例如早期的闪米特文、迦南文、腓尼基文；现代的阿拉伯文。广义的辅音文字，通常利用附加符号表示早期辅音文字不表示的元音。主要有两

3　周有光，比较文字学初探[M]，北京：语文出版社，1998，166。
4　周有光，比较文字学初探[M]，北京：语文出版社，1998，268。

个系统：一个是阿拉马字母系统，其中包括中国的维吾尔文、哈萨克文、柯尔克孜文；另一个是印度字母系统，其中包括中国的藏文与傣文。

三是音素文字。主要有三种：首先是如今早已枯萎，由辅音文字腓尼基文孕育的希腊文；其次是曾经在苏联繁殖的斯拉夫字母文字；再次是如今已主导世界的拉丁字母文字。拉丁字母文字包括两类：一是"纯粹字母"类。就是二十六字母之外不增加其它字母与符号，必要时改用"字母合并"形成"双字母"，音素增加而字母数不增加，例如英文，这是主流。中国非汉族文字多属此类。二是"附加符号"类。就是通过附加符号或增加新字母来适应音素多的语言，例如法文。汉语拼音以附加符号表示声调的作法，也属于此类。

表音文字从外部形体到内部结构也都经历了相应演变，其总体趋势是由"字母异形"走向"书同字母"。早期字母文字产生之后的二千年间，经过异族流传而形成不同的字母，以至层出不穷。后来，尤其是近一千年来，随着宗教传播与文化认同，从而走向"语言异声而字母同形"。

（三）意音文字汉字与表音文字西方文字比较的启示

首先，作为三元立局结构的意音文字汉字与作为二元立局结构的西方表音文字，属于两种不同的文字类型。同属意音文字的汉字与西方表音文字"借意而生"的意音文字圣书字，其生成谱系也是各自独立。因此说，由形意文字到意音文字再到表音文字构成的"文字发展史三阶段"之说，以及意音文字到表音文字的"文字发展史规律"之说，属于西方文字发展史总结，也只属于西方文字演变规律，与汉字无关。

其次，意音文字楔形字、圣书字、汉字的变异都是异族传播的结果。意音文字楔形字、圣书字、玛雅字的消亡则是异族入侵，民族文化消亡的结果。伴随着公元前538年波斯人入侵，公元前330年亚历山大入侵，公元632年阿拉伯人入侵，"两河流域"文化最终被阿拉伯化，楔形字由此被埋没；伴随着公元前525年波斯人入侵，公元前343年波斯人再次入侵，公元前332年亚历山大入侵，公元前30年罗马人入侵，公元640年阿拉伯人入侵，古老的埃及文化最终被阿拉伯化，圣书字由此成为历史；虽然玛雅文明在欧洲人来到之前已经出现衰退，但是玛雅字随同玛雅文化最终为西班牙人所灭失，不必细说。因此说，造成文字本质变异的原因是异族传播；而文字的民族传承则只有变革而没有变异。文字与民族文化同生共死，密不可分：文字死，民族文化亡；民族文化死，文字亡。更为具体地说，民族文字被他民族文字替代的结果，就是民族文化的他族化。

再次，虽然历史发展趋势总体上是进步与进化，但是就某个层面、某个历史阶段、某个地区或某个民族而言，却是退步与退化。这也正是事物一方面由简单趋向复杂，另一方面由复杂趋向简单的达尔文自然进化论的基本内涵。例如古埃及文化与玛雅文化的灭失就是如此，三星堆文化的突然灭失也是如此。民族失败乃至毁灭，根源于在上者，其实是既得利益阶层的享乐乃至腐化作风、政治专治乃至体制僵化、党同伐异而失民众之心，极力维护其既得利益，与异族入侵者的朴素乃至进取作风、政治开明，乃至人尽其才、物尽其用，谋求入侵参与者所有人的利益，相反相成，而非文字文化的先进与否，民族的文明程度高低与否，从而表现为后进文明战胜先进文明的司空见惯。西方迈锡尼人征服克里特人，马其顿人征服希腊人，日耳曼人征服罗马人是如此，华夏金国人征服北宋人，蒙古人征服南宋人，满清人征服明朝人，也莫不如此。文明程度高于夏朝的长江中游石家河文化反而为夏朝所灭，是否如此？长江下流河姆渡文化发展到良渚文化后走向衰退，是否如此？长江上游三星堆文化突然灭失，是否如此？均不得而知。但是，若是单就南北文化而言，发生文化冲突或民族冲突而非国家内部革命时，无论是西域"两河流域"、古希腊、古罗马、古埃及，还是华夏，通常多数时候是寒冷、干燥的北方，战胜炎热、湿润的南方。而大体说来，北方文化倾向粗豪、质朴、节俭，南方文化倾向纤细、奢华、享乐的历史，不能不引起我们的思考。

最后，意音文字生成于农业文化，受古代宗教与巫术推动，立足意想感悟，注重直观；字母文字生成于商业文化，受古代宗教与殖民活动推动，立足简便实用，注重规范。孕育楔形字的"美索不达米亚"平原，意思就是"河间地"，因其由幼发拉底河与底格里斯河贯穿形成，故有"两河流域"之称。河流提供了舟楫之便，肥沃的土地创造了耕作之便，从而孕育了以楔形字为书写媒介的"两河农业文化"。巫术文字到实用文字的转型，使"两河文化"进入有史时代。其废墟出土的五万多块泥版，内容除了实用的法规、遗嘱、账目、书信等便是原始宗教。尼罗河在下游地区广袤的沙漠之中托出绿洲，年年泛滥的洪水将泥浆化作绿洲的肥沃土地，赋予埃及人民以舟楫之便与耕作之便，从而孕育了以圣书字为书写媒介的"埃及农业文化"。被古埃及人视为神圣的圣书字，有"三体"之说：其中，图形"碑铭体"最先产生，初为僧俗共享，后多用于神庙和金字塔的石碑以及祭器的文字书写，以优美见长。基于日用文书写的方便，碑铭体显得优美而繁杂，草书急就的"僧侣体"应运而生。当僧侣体主要用于宗教经典的书写之后，简化的"人民体"便取代僧侣体成为日用文书写的首选，故又有"书信体"、"土俗体"之称。圣书字与原始宗教的联系由此可见。黄河孕育了以汉字为书写媒介的"华夏农业文化"，不必重复。汉字甲骨文作为殷商时期利用龟甲兽骨占卜的文字，已经表明原始宗教和巫术成为汉字生成的动力。学者们怀疑地中海东部岛屿克里特、塞浦路斯和东岸叙利亚、巴勒斯坦、西奈半岛是字母文字的发源地，只是至今尚无确切证据。创造"比拨罗字母"的比拨罗人，古代称为"腓尼基人"，主要从事海上贸易。以船为家的流动生活，不利于繁难的楔形字与圣书字的学习，强调快捷的账目记录，则不利于繁杂的楔形字与圣书字的运用，于是取其所有，随手简化，随手创造，日积月累，便形成了系统字母。或说，西域"两河文化"由农业文化到商业文化的转型，促成了表音文字的生成。宗教传播与殖民扩张，则成为推动比拨罗字母四面传播的动力与载体，故有"字母跟着宗教走"之说。基督教《圣经》自古至今由数百种文字书写：《旧约》原用希伯来文书写，相应片段用阿拉马文，希伯来文本失传，便由阿拉马文译成希腊文；《新约》原用希腊文书写，随后译成拉丁文，如今译本达数百种。伊斯兰教视《古兰经》阿拉伯文为神圣，干脆拒绝改写。印度梵文之所以未能随佛教进入中国民众生活，归根结底还是因佛教未能在中国取得主导地位或独立地位，更为具体地说，佛教在中国自始至终都是以汉语汉字传播与书写，而非以梵文传播与书写，甚至是实现了中国化。

二、立象尽意与意义假设

那么，植根于黄河流域农业文化，受古代宗教与巫术推动的汉字，与植根于地中海东部商业文化，受古代宗教与殖民扩张推动的字母文字，如何实现意义建构？一言以蔽之：汉字属于言象意三元立局结构的立象尽意、象形会意、依经立义；西方表音文字则属于言与意二元立局结构的意义假设、约定俗成、程序建构。原因何在？一言以蔽之：汉字创造者以为，书不尽言，言不尽意，故以言立象，立象尽意；表音文字创造者以为，事物可以言说，言可尽意，故假设符号以载意，约定俗成。

（一）汉字的象形会意与表音文字的假设约定

先说汉字的立象尽意和象形会意。传说远古圣人伏羲、仓颉，感悟天文地理、鸟迹兽蹄，"善假于物"（《荀子·劝学》），或立象尽意作八卦，或象形会意造文字。为此，《易·系辞上》首倡"伏羲作八卦立象尽意"之说："圣人立象以尽意，设卦以尽情伪。""古者包牺氏之王天下也，仰则观象于天，俯则观法于地，观鸟兽之文与地之宜，近取诸身，远取诸物，于是始作八卦，以通神明之德，以类万物之情。"许慎《说文解字·叙》则使伏羲立象尽意作八卦与神农结绳记事、仓颉象形会意造文字联袂，成为汉字的意义建构方式暨汉字生成方式："古者包牺氏之王天下也，仰则观象于天，俯则观法于地，观鸟兽之文与地之宜，近取诸身，远取诸物，于是始作易八卦，以垂宪象。及神农氏结绳为治，而统其事。庶业其繁，饰伪萌生，黄帝之使仓颉，见鸟兽蹄远之迹，知分理之可相别异也，初造书契。……仓颉之初作书，盖依类象形，故谓之文。其后形声相益，即谓之字。"进而提出汉字意义建构、解读、应用方式的"六书"之说："一曰指事。指事者，视而可识，察而见意，上下是也。二曰象形。象形者，画成其物，随体诘诎，日月是也。三曰形声。形声者，以事为名，取譬相成，江河是也。四曰会意。会意，比类合谊，以见指撝，武信是也。五曰转注。转注者，建类一首，同意相受，考老是也。六曰假借。假借者，本无其字，依声托事，令长是也。"诚如周有光所言："'六书'有层次性。'象形'（表形）是第一层次。'会意'（表意）是第二层次。'假借'（表音）是第三层次。'形声'是会意和假借的结合。'指事'和'转注'属于会意性质。文字在早期主要运用'象形'和'会意'，中期主要运用'会意'和'假借'，晚期主要运用'假借'。"[5]总之，象形会意是"六书"的根本与核心，其中象形又是"六书"的核心之核心。言象意三元立局结构的立象尽意、象形会意，由此成为汉字另类于言与意二元立局结构的意义假设、约定俗成的西方表音文字及其书写的话语模式。进而成为汉字改革的双刃剑：成在体现与发扬汉字立象尽意、象形会意的特性；失在背离与损害汉字立象尽意、象形会意的特性。

正是汉字的立象尽意、象形会意的意义建构方式，造就其同形异音、同形同义现象。反过来说，汉字的同形异音、同形同义现象，正是其立象尽意、象形会意的意义建构方式的必然结果。由上述可知，如今已知的汉字以象形

5　周有光，比较文字学初探[M]，北京：语文出版社，1998，167。

会意的甲骨文为早，随后，虽然在时间上经历了由甲骨文、金文、大篆、小篆的图形体，到隶书、楷书的笔画体，再到草书、行书的流线体的形体变化，在地域上形成方言百出，甚至是十里不同音，但是，汉字却基本属于同形同义。

再说表音文字的意义假设和约定俗成。一方面，无论是属于拉丁字母的英文二十六字母，还是属于斯拉夫字母的俄文三十三字母等，本身并没有任何意义，字母符号作为文字的意义，完全依赖人为的意义假设与约定俗成。字母符号意义的个人设定，只具有个人意义，只有在其为社会所认可之后，才具有社会意义，才能成其为文字。因为文字是社会性符号，其意义是社会约定俗成的结果。换句话说，字母符号意义来自意义约定的社会认可，或说来自对表音文字意义的社会约定。反之，个人所给出的字母符号意义，若不为他人乃至社会所认可，即不能成为他人乃至社会的文字；被赋予既定意义的字母符号，只是认可其意义者的文字，对于不认可者，仍旧是没有意义的符号。就西方文化源头希腊文化的书写媒介希腊字母的母体腓尼基字母而言，腓尼基人基于海上贸易记录与计算的需要，或随手借用圣书字的表音符号，或随手创造表音符号。这种表音符号为群体认可时，便成为该群体文字。伴随海上贸易，当腓尼基字母符号为地中海地区乃至"两河流域"所认可时，便成为地区性文字。由腓尼基字母演变而来的希腊字母，伴随古希腊神话、宗教、文化传播而传播，经埃鲁特斯坎字母演变成拉丁字母之后，受古罗马帝国殖民扩张与文艺复兴运动的推动，在迎来西欧各民族文字拉丁化的同时，也迅速传播欧亚非三大洲。

另一方面，正是表音文字的意义假设、约定俗成的意义建构方式，造成其同形异音、同形异义现象。反过来说，表音文字的同形异音、同形异义现象，正是其意义假设、约定俗成意义建构方式的必然结果。由上述可知，古老的楔形字、圣书字、汉字、玛雅字等意音文字，各有源头，独立生成。而古老的腓尼基字母、希腊字母、斯拉夫字母、罗马字母、阿拉马字母、婆罗米字母、悉达多字母、梵文字母等，则属于同源共生，同源异类。表音文字的同源异类进而造成其同形异音、同形异义，具体表现有二：在时间上，从腓尼基字母到希腊字母，再到斯拉夫字母、罗马字母，乃至俄文、英文，相同的字母及其相同的组合却具有不同的音义；在地域上，如同英文，菲律宾文、斯瓦希里文、索马里文、马达加斯加文等，都属于由纯粹二十六拉丁字母书写的文字，相同字母及其组合，同样具有不同的音义。总之，相同的字母书写的相同文字，却由于假设与约定的意义与语音不同，从而成为具有不同音义的不同文字。

（二）汉字的立象尽意与表音文字的意义假设之所以然

如前文所述，黄河流域的内陆—农业文明与四季分明的气候，造就华夏文化青睐天人物我合一，相反相成的认知模式。农业耕作的一分辛劳一分收成，春种、夏长、秋收、冬藏的天时，可遵从而不可违背，就水源、择肥沃、便交通的地利，可追求而不可逆反，由此形成识天时、重地利、讲人和的作风，舍己就人、包容认同、和而不同的精神。其中包容认同精神的具体体现，就是依据天文地理、鸟兽蹄迹造文字。换句话说，在中国古人看来，世界及其事物既难以尽知，又不可尽说，总之是言不尽意；至于如何以不能尽意之言来表达意义？那就是推物及人、推人及我、非我中心，善假于物，在言意之间，引入第三者，立象尽意、象形会意，仿照天文地理、鸟兽蹄迹造书契。对此，《易·系辞上》说："子曰：'书不尽言，言不尽意。'然则圣人之意，其不可见乎？子曰：'圣人立象以尽意。'"以此方式创造了我们的神话与宗教，也创造了我们的世界及其事物，尤其是事物之道不可言说的老庄"道"学与汉字。

与之相对应，地中海东部的滨海—商业文明与殖民扩张，造就腓尼基文化、古希腊文化、古罗马文化青睐天人物我自立、合作竞争的认知模式。商业贸易的一本万利乃至暴利，殖民掠夺的不劳而获乃至一夜暴富，由此形成敢想敢干、追求进取的作风，大胆设想、合作竞争、同而不和的精神。其中合作竞争精神的具体体现，就是崇尚约定。换句话说，在古希腊人、古罗马人看来，世界及其事物可以认知，可以言说，言可尽意；至于如何认知，如何言说，如何以言尽意，那就是通过推己及人、推人及物、自我中心，无须外求、自我主导，意义假设、符号约定，以此方式创造了他们的神话与宗教，也创造了他们的可以认识、可以言说的赫拉克利特（Heraclitus）等人的"逻各斯"学说与表音文字。

三、读象悟意与读音识义

如何从事另类异质的汉字与表音文字的解读？一把钥匙开一把锁，针对由立象尽意、象形会意的意义建构方式生成的汉字，其解读方式就是立足相似性，读象悟意，旨在认同；针对由意义假设、约定俗成的意义建构方式生成的表音文字，其解读方式就是立足差异性，读音识义，旨在求异。

（一）汉字的读象悟意与表音文字的读音识义

既然汉字的意义建构方式是基于言不尽意而立象尽意，言以立象，那么，如何读言得象，读象得意？《庄子·外物》说是："荃者所以在鱼，得鱼而忘荃；蹄者所以在兔，得兔而忘蹄；言者所以在意，得意而忘言。"王弼《周易略例·明象》强调："故言者所以明象，得象而忘言；象者所以存意，得意而忘象。……然则忘象者乃得意者也，忘言者乃得象者也。……是故触类可忘其象，合义可为其征。"就是要读言识象，得象忘言，读象悟意，得意忘象，不可拘于象而死于言。而得象忘言，得意忘象的方法，就是能够物求其类，事求其同，举一反三，见一知十，触类旁通。这正是由《尔雅》到《说文解字》再到《康熙字典》等汉字字书辞典，所确立并遵循的汉字字书辞典的编辑方式，也是汉字的解读方式。无论《尔雅》等辞书的编辑方式，还是汉字的解读方式，在读者那里，也就自动转换成汉字的解读方式。

《尔雅》是最早的汉字训诂字书，由汉初学者缀辑周汉文献，递相增益而成。后世经学家常依此诠释或言说儒家经义，唐宋时列入"十三经"。今存"十三经"本分十卷十九篇：《释诂》、《释言》、《释训》、《释亲》、《释宫》、《释器》、《释乐》、《释天》、《释地》、《释丘》、《释山》、《释水》、《释草》、《释木》、《释虫》、《释鱼》、《释鸟》、《释兽》、《释畜》。前四篇为历代文献中的常见常用文字释义，其余十五篇均为器物名称释义。训诂又叫"训故"、"诂训"、"故训"。"训"即以俗话释义，例如《释水》："大波为澜，小波为沦"；"诂"即以今语释古字，或以通行语释方言，例如《释诂》："党、晓、哲，知也"，就是对同义文字合并归类，然后以通行字领衔。《说文解字》是最早的系统性汉字字书，东汉许慎撰。今存宋初徐铉校定本分十四卷加叙目，每卷另分上下，共计三十卷。收录九千三百五十三字与一千一百六十三重文。依字体与偏旁分列五百四十部，按部首检索。字体以小篆为主，列古文、籀体等异体为重文。先释字义，再释字形，后释字音，以"六书"为汉字的意义生成解读方式。《康熙字典》为清张玉书等奉诏编撰，由《字汇》、《正字通》增订而成。后附《补遗》，收冷僻字；又附《备考》，收有音无义与音义全无之字。今人评价甚低，说是"此书音切、释义，杂糅罗列，漫无标准；疏漏和错误甚多。后来王引之作《康熙字典考证》，改正引用书籍字句讹误者二千五百八十条。"

同时承认，"此书虽不够完善，但流行很广，影响很大。"[6]显然与其遍取诸家字书解释，令其彼此印证，自现源流，便于读者求同存异，触类旁通，去伪存真不无关系。

总之，通过相同汉字由甲骨文、金文到小篆、楷体的不同形体与同义字、近义字的字形来解读汉字意义，令其意义自显于读者的追源寻流，求同存异，触类旁通，在《尔雅》、《说文解字》、《康熙字典》的解读方式中得到了突出与强调。汉字这种举一反三、见一知十、由十求一、读象悟意的解读方式，显然将旨在求异的语音抛弃一边（一种不容否认的现象是：根据文本语境与字形，读者完全可以在不知读音的情况下，理解相应的汉字），从而走向事物的认同。遗憾的是，现代汉字辞书除了偏旁部首检索之外，承载与彰显汉字特性的形体，再也难觅踪迹。

不容争议，二十六拉丁字母及其附加符号，本身不具有任何意义。由拉丁字母及其附加符号拼凑而成的字母文字，其意义完全靠拉丁字母及其附加符号的不同组合来承载并体现。而不同结构的拉丁字母及其附加符号，具有不同的读音，从而造就读音识义的表音文字解读方式。英语的"英式"与"美式"区别，与其说是字母的结构方式（字母拼法）不同，倒不如说是文字的拼读方式（语音拼法）不同。换句话说，不同的拼读方式决定表音文字的语法不同，从而形成不同的表音文字。至于相同的单词与词汇到底何指，相同的意义在不同的拼音语文中，到底如何拼写，那就取决于不同语文的事先约定与假设。读音识义的方法是求异，立足差异性。

对于表音文字的意义建构与文本解读立足字母符号的差异性，意义生成于假设与约定的特性，现代西方结构语言学祖师索绪尔（Ferdinand de saussure）在《普通语言学教程》（1916）中有着明确的认识，并以此为立足点，建构其结构语言学理论：索绪尔将语言视为一个符号系统，语言研究须立足共时性而非历时性。"每个符号都视为由一个'符征'（Signifier；一个声音意象，或其书写的对等物），与'符旨'（Signified；观念或意义）组成。c－a－t三个记号，在懂英文的人心中，是一个符征，唤起了符旨'猫'（cat）。符征与符旨的关系是武断的，这三个记号为什么应该表示'猫'，除了文化和历史的成规，没什么理由，与法文的 *chat* 对照一下即可知道。整个符号和它指涉

6　辞海[M]，上海：上海辞书出版社，1989，2250。

的东西（索绪尔称为 referent '所指'，即真实、毛皮的四足动物），两者的关联因此也是武断的。系统中的每个符号有其意义，只因为它和其它符号有异。cat 并非'本身'有意义，而是它不是 cap（帽子）或 cad（坏蛋）或 bat（球棒）。符征如何改变无关紧要，只要它和其它符征保持不同即可；你大可以许多不同腔调读这个词，只要这种差异存在就好。"[7]索绪尔的上述思想及其结构语言学理论建构的成功说明：任何语言文字的研究与革新，都必须立足该语言文字的特性。因此，对近百年来的中国语言学界，以《马氏文通》为代表，无视汉字汉语特性，拿表音文字语言学理论方法令汉语汉字削足适履的做法，加以反省，显得尤为必要。

（二）汉字与表音文字不同的意义解读方式比较的启示

由上述可知，重在语音与差异性的表音文字的意义解读，读音知义，若不能拼音，便难以知义；重在意象与相似性的汉字的意义解读，同音字虽多，但不影响其意义解读，且不知读音也能感悟其意义。因此，无论是按照表音文字的意义解读方式读汉字，还是按照汉字的意义解读方式读表音文字，都难免会造成误读。如果说索绪尔结构语言学理论建构的成功，在于他抓住了表音文字的特性，那么，误译索绪尔 Signifier 与 Signified 为汉字"能指"与"所指"，显然在于对英语的上述特性的无视，从而陷入以己度人，错拿汉语的特性当英语的特性，结果为不辨英汉差异者以讹传讹，反而不胫而走，成为当下汉语研究的流行语。原来，汉字的意义解读有"能指"与"所指"之分。例如：会意字"比"，甲骨文从二匕（取象妇女跪拜）相并，会夫妇比肩亲近之意；金文相同；篆文使之整齐化；隶变后楷书写作比。《说文解字·比部》："比，密也。二人为从，反从为比。""比"与"从"都从二人，"从"为二立人，表示跟随；"比"为二跪拜之人，为夫妇比肩之象，有匹合之义。故本义为匹合。进而引申为：（1）和顺、亲和；（2）相近、亲近；（3）并列、紧靠、密列；（4）勾结；（5）比拟、类似；（6）比量、考校；（7）参照、按照；（8）追征；（9）"六艺"之一；（10）六十四卦之一等。换句话说，上述"比"字的十项意义都是其能指，而具体应用，往往只取其一项意义，这一项意义就是具体应用中"比"字意义的所指。就是汉字的金木水火

---

7 [英]泰瑞·伊果顿。文学理论导读[M]，台北：台湾书林出版有限公司，1993，123-124。

土、鸟兽虫鱼草等偏旁部首，也都具有既定意义。但是，表音文字的字母，本身却不具有任何意义，过去形成的有关单词的各种用法，并不具有既定性与排他性。也就是说，无论是字母还是由字母拼写的单词，皆没有"能指"可言，其所谓的"所指"也就变成了无限可指，因此而有英文、法文、俄文等表音文字随时随地的新词拼写，没完没了，无穷无尽。即使是独立于语言与言语之外的字母组合，或说如前文索绪尔所言，未能形成同其它词语相区别的字母组合，同样不具有任何意义，因此，索绪尔的 Signifier 与 Signified 被台湾学者分别译作"符征"与"符旨"，有大陆学者则分别译作"表现者"与"被表现者"，[8]《管锥编》比类《文赋》"恒患意不称物，文不逮意"的"意"、"文"、"物"与《文心雕龙·镕裁》的"情"、"事"、"辞"等写道："近世西人以表达意旨（semiosis）为三方关系（trirelative），图解成三角形（the basic triangle）：'思想'或'提示'（interpretant, thought or referece）、'符号'（sign, symbol）、'所批示之事物'（object, referent）三事参互而成鼎足。"[9]

四、意义激发与意义规定

（一）汉字的意义激发与表音文字的意义规定

汉字立象尽意与象形会意的意义建构方式，在使通过文字意义的不断开发，即不断的意义激发与关联，来应对事物的发展，表现对象的更新，成为可能与必要的同时，又赋予其所表达的语言及其意义建构与解读方式以激发性与关联性。表音文字意义假设与约定俗成的意义建构方式，则在使通过词语的不断创新，即不断的假设与约定，来应对事物的发展，表现对象的更新，成为可能与必要的同时，又赋予其所表达的语言及其意义建构与解读方式以规定性与针对性。

立象尽意、象形会意的意义建构方式，使汉字表达在面对不同的事物与现象，尤其是新生事物与现象更新时，为了方便接受者的认知，不是选择不断的立象尽意，即文字创写，而是走向对已有文字的运用，即令已有文字意义形成激发与关联，从而产生新的用法暨新的意义。换句话说，正是汉字意

8　[英]特里·伊格尔顿，当代西方文学理论[M]，北京：中国社会科学出版社，1988，142-143。

9　钱钟书，管锥编（第三册）[M]，北京：中华书局，1979，1177。

义生成于象形会意的意义生成方式，使通过已有文字意义激发与关联创造出新的意义，成为可能与必要。由此引发的问题是：意义激发与关联，一字多义，使运用有限的文字表达无限的意义成为可能；有限的文字则成就了简便、稳定、意义关联的"字谱"暨"字库"；字谱的简便、稳定、意义关联，又为文字的传承与广泛认同创造了空间。但是，意义激发与关联，一字多义，也为初学者带来需要记忆庞大字库及其一字多义的不便，从而不利于入门与普及。

汉文字的意义激发性与关联性，使汉字语文的意义建构与文本解读具有灵活的意义，写作者、应用者、解读者的联想被激发开来，借助具有激发性与关联性的汉字意象，意义无限生成。例如《论语·八佾》载："子夏问曰：'"巧笑倩兮，美目盼兮，素以为绚兮"何谓也？'子曰：'绘事后素。'曰：'礼后乎？'子曰：'起予者商也，始可与言《诗》已矣。'"子夏以《诗》的美人面目描写请教孔子如何解读其象外之意，老师便以连类绘画技巧作答，弟子立刻根据老师的解读方式，或说老师的示范，进而连类礼仪，从而谱写言传身教的范例。因此，汉语语文便不存在创作意图、文本意义、接受信息是否对位，由此产生的感受谬误的问题，故有汉儒董仲舒《春秋繁露·精华》"《诗》无达诂，《易》无达占，《春秋》无达辞"之说。古人因言不尽意而立象尽意，赋予意象以意义激发性与关联性。《诗》无达诂是说，《诗》因其意象表达的意义激发性与关联性而含不尽之意，解读者难以穷尽，而不是说，诗意不确定，读者见仁见智；《易》无达占是说，《易》因其意象表达的意义激发性与关联性而藏无穷玄机，占者难以用尽，而不是说，卦意不确定，占者得不到鹄的；《春秋》无达辞是说，《春秋》因其意象表达的意义激发性与关联性而极具涵盖性，而不是说，没有意义明确的表达。

字母无意义，意义生成于假设与约定的意义建构方式，使表音文字在面对不同于过去的、已有的现象与经验表达时，或说原有的词语不足以，甚至是根本无法表达新生事物时，只好通过随手拼写，或剪接拼凑，创造新的词语来应对。换句话说，正是表音文字意义生成于假设与约定的意义建构方式，使随手拼写，或剪接拼凑，创造新词语，成为可能与必要。由此引发的问题显而易见：在使拼音语文的学习与应用，因有限的字母容易记读而变得十分简便，只须熟悉相应的语法规范，便可阅读与写作的同时，又使拼音语文的阅读、拼音文本的学习、拼音文字的应用，因不断的词语创新，变得十分艰难，作者随手拼写，或剪接拼凑，创造词语的历史永无止境，读者与应用者也必将为此而负担越来越重，需要面对数量庞大的字库，其中包含不断被淘汰不用的过时词汇，进行有针对性的解读与择而用之，从而使拼音语文看似简单，学与用都很方便，但是，真的阅读与应用起来却十分不易，直接威胁到文化传承。原来，所有拼音词语的创新，哪怕是随手而为，也具有不可更改的规定性与针对性。

表音文字的意义规定性与针对性，使拼音语文的写作与文本解读具有确定的意义，现代西方文论的接受理论称其为文本意义，使之与作者的创作意图与读者的感受信息并立，基于对三者难以对位的考虑，提出"感受谬误"之说。总之，拼音语文的文本意义具有既定性。当然，如同拼音文字的词语意义取决于词语结构，拼音语文文本意义的既定性，同样取决于文本结构。现代西方文论的结构主义、解构主义、符号学、新批评等理论，莫不将文本解读聚焦于词语结构与文本结构。

（二）汉字的激发性与表音文字的规定性比较的启示

意义生成于假设与约定，使表音文字的不断创造成为必然，从逻辑层面讲，长此以往，结果很可能是读者因不堪词语记忆的重负而舍此求彼，文化积淀因文化解读的困难而成为包袱：积淀越厚，包袱越重。结果只有两条路：一条是另创文字体系取而代之，如同当今的英、俄、法、德、意等语文替代希腊文、拉丁文，对文化积淀予以重新表述。另一条是建构相对稳定的词谱，防止词谱的无限扩大。而稳定词谱的建构，又以解构词语意义生成的规定性与针对性为前提，让有限的词语能够表达无限的意义，因为已有的词谱都是对已知事物的意义规定，是针对相应现象意义既定的表述，难以表述新生事物与新现象。对此，汉语的意义激发性与关联性以及由此形成的涵盖性与兼容性，不无借鉴意义。

意义生成于象形会意，使汉字的意义激发与关联、一字多用成为必然，从而要求规范用字，精简字谱，提高汉字表述的规范性、准确性、简便性，彰显汉字的意象性、涵盖性、兼容性，使之与时俱进。从逻辑上讲，如果汉字改革能够立足对汉字意象性、涵盖性、兼容性的彰显，将为精简字谱的建构提供极大方便，规范用字也就不难实现，从而减轻初学者记忆字谱的负担，随着九年义务教育的普及，普及汉字知识的质量也必将有着质的飞跃。然而，汉字的意象性、涵盖性、兼容性显然更加有利于人文学科的意义建构与知识表述，而面对强调精确性、明晰性、逻辑性的自然科学的意义建构与知识表述，符号化的表音文字，不无借鉴意义。显然，令德国数学家莱布尼茨（Gottfried Wilhelm Leibniz）为之震惊，与自己创造的"二进位制"乃英雄所见略同的八卦符号谱系，[10]作为汉字原始形态，已经为汉字的符号谱系建构奠定了基础，遗憾的是，这套符号谱系的意义开发，在明代已经停止，在现代十年文化大革命中，更被划入另册。

若将表音文字语文及其意义建构与解读方式的规定性与针对性放回到欧洲历史语境，使之与斯芬克斯文化的独立自由、民主法治精神联系起来，将汉字语文及其意义建构与解读方式的激发性与关联性放回到中国历史语境，使之与龙文化的包容认同、和而不同精神联系起来，不难看出其中的互动互应关系。表音文字语文及其意义建构与解读方式的规定性与针对性，根源于表音文字意义生成的意义假设与约定俗成；表音文字的意义假设与约定俗成，使不同地区、时代、种族、习俗的人群，假设与约定各自的语文意义，进而形成十里不同俗、百里不同音，一个地区有一个地区的语文、一个时代有一个时代的语文、一个种族有一个种族的语文，从而体现为相应的独立自主精神；契约意识本身就是法治意识。也可以反过来说，西洋民族的独立自由与民主法治精神，孕育表音文字及其意义建构与解读方式的规定性与针对性。汉字语文及其意义建构与解读方式的激发性与关联性，根源于汉字意义生成的立象尽意与象形会意；汉字的立象尽意与象形会意，使不同地区、时代、种族、习俗的人群，认同同一种语文意义，进而形成十里不同俗、百里不同音而文字相同的局面，从而体现为相应的包容认同、和而不同精神。也可以反过来说，中华民族共同体的包容认同、和而不同精神，孕育了汉字及其意义建构与解读方式的激发性与关联性。

第二节　依经立义与归纳演绎

一、依经立义与归纳演绎

作为意音文字传承者的汉字也好，由意音文字楔形字变形而来的比拨罗字母、希腊字母、罗马字母等表音文字也好，其创设并非一人所为，也非一

---

10 参见梁宗巨，数学历史典故[M]，沈阳：辽宁教育出版社，1995，14-18。

方之人所为，即使是由某人首创并奠定方向与基础，也是由后人在此方向与基础上不断补充与完善。因此，出现同形异义，同义异形，自然而然。那么，汉字的创造及其传承者如何规范和统一其意义？表音文字的创造及其传承者如何假设和约定其意义？一言以蔽之：前者走向依经立义，后者走向归纳演绎。依经立义与归纳演绎进而分别形成中西文化的意义建构与解读方式。

归纳演绎，就是归总事物，使之具有条理；由具体事物概括、推论原则、规律、普遍性；由相应前提推导必然结论；由假设命题出发，运用逻辑规则，推导相应命题。依经立义，需要稍作解释。中国儒道墨释各自有经，但是，作为汉字汉语意义建构与解读方式的依经立义之"经"，则超越学派局限，指向全部汉字经典著作、名人名言、公认学说。《文心雕龙·宗经》的界定是："三极彝训，其书言'经'。经也者，恒久之至道，不刊之鸿教也。故象天地，效鬼神，参物序，制人纪；洞性灵之奥区，极文章之骨髓也。"当然，依经立义，首先是儒家传统，开创于孔子对《诗》、《书》、《礼》、《乐》、《易》、《春秋》的编辑、解读及其儒家学说的建构，伸张于荀子的"原道"、"征圣"、"宗经"三纲，完善于"十三经"的确立，大而广之成为民族文化传统，具体体现为立足认同的经典名著效应与圣贤名人效应，由此形成傍名人与傍经典的风气。

（一）汉字的依经立义与表音文字的归纳演绎

以字为意义单位与不重语法的汉字，立足相似性与关联性，旨在认同的依经立义，意义有二：

一是汉字意义建构与解读的依经立义。如同《易传》与《说文解字·叙》所说，伏羲、神农、黄帝之使仓颉创造文字。然而，"十神圣"时代属于氏族各自为政，政治与宗教祭祀各自独立的氏族社会。那么，早期文字无论是如同甲骨文，生成于宗教祭祀，还是如同八卦，或说结绳为治，至少是那些生活在不同区域、人口较多的氏族都应有各自的文字符号。结果，后人回顾汉字生成、发展、传承史，却只提或只知仓颉，其名人效应由此可见。如上所述，《尔雅》作为最早汉字训诂字书，扬雄的《方言》以为孔子门徒诠释"六艺"之作，王充的《论衡》也以为"五经"之训故，《四库全总目〈尔雅注疏〉提要》却不以为然，说是广泛取材于周汉著作，包括《楚辞》、《庄子》、《列子》、《管子》、《尸子》、《穆天子传》、《吕氏春秋》、《山海经》等，如今看来也都是名家名作。反正是根据古代名著来诠释汉字意义的《尔雅》，成了此后经学家诠释儒家经义的字典并被列入"十三经"。如果说如同《尔雅》，《说文解字》的依经立义难以从其本身看出，须经过训诂，方知其征引哪些经籍，那么，《康熙字典》对古典名著的援引，则可谓历历在目。

二是理论建构与解读的依经立义。孔子作为儒家学说创始人，中国私塾教育与传统教育思想的奠基人，肯定有其独到的理论建构。然而，孔子身后并未留下任何涉及理论建构的专著。那么，他的儒家思想体系如何表达与建构？那就是孔子自我定位的"述而不作"（《论语·述而》）：删《诗》、《书》，定《礼》、《乐》，赞《周易》，修《春秋》。显然，删定也好，赞修也好，或说述也好，无不立足于文本解读。如果说述不是作，述一家之说是述，述多家之说也是述，那么，由述他人之说而引发己见，或借他人之言而说事，便是以述为作，更何况孔子乃述"六书"而建构儒家学说？显然是集大成的理论建构之举。为此，朱熹《四书集注·论语》注释"述而不作"提醒说："夫子盖集群圣之大成而折衷之，其事虽述，而功则倍于作矣，此又不可不知也。"由于后世儒家以曾经孔子解读的上述"六书"为"六经"，因此，我们称孔子的理论建构与解读方式为依经立义。总之，孔子开创了儒家乃至中国传统的依经立义理论建构与解读方式。[11]这也是孔子继创立儒家学派，开创私塾教育并奠定中国传统教育思想之后，对中国文化的第三大贡献。孔子也因此成为中国文化史的第一座丰碑。孔子开创的依经立义的理论建构与解读方式影响所及，直接促成后世理论建构与解读的解经学、训诂学、诠释学，注、疏、证、笺、释、传、正义，比物连类、拟容取心，由此大行其道。汉儒继承与发挥孔子、孟子、荀子思想，建构经学与玄学，宋儒继承与发挥先儒思想，甚至暗中借鉴、吸收道家与佛家思想，建构理学，宋儒与明儒继承与发挥先儒思想，建构心学，莫不通过对儒家经典的解读来实现。汉魏、唐宋、明清作为中国文化理论建构的三个兴奋点，其具体业绩莫不体现为对"十三经"、先秦诸子以及《史记》、《汉书》等有关经史子集的解读。如前文所述，为司马迁所认同，刘安推举《离骚》，其理论依据就是依经立义；班固不以为然，其理论依据也是依经立义。班固《离骚序》写道："淮南王刘安叙《离骚传》，以国风好色而不淫，小雅怨悱而不乱，若《离骚》者，可谓兼之。蝉蜕浊秽之中，浮游尘埃之外，皭然泥而不滓。推此志，虽与日月争光可也。斯论似过其真。……且君子道穷，命矣。故潜龙不见是而无闷，《关雎》哀周道而不伤，蓬瑗持可

---

11 曹顺庆，中国比较文论史（上古时期）[M]，济南：山东教育出版社，1998，425-435。

怀之智，宁武保如愚之性，咸以全命避害，不受世患。故大雅曰：'既明且哲，以保其身。'斯为贵矣。今若屈原，露才扬己，竞乎危国群小之间，以离谗贼。然数责。……多称昆仑冥婚宓妃之语，皆非法度之政、经义所载。谓之兼诗风雅而与日月争光，过矣。"王逸再加以翻案，其理论依据还是依经立义。王逸《楚辞章句序》写道：班固谓屈原"不见容纳，忿恚自沉，是亏其高明，而损其清洁者也。昔伯夷、叔齐让国守分，不食周粟，遂饿而死，且可复谓有求于而怨望哉？且诗人怨主刺上曰：'呜呼小子，未知臧否。匪面命之，言提其耳。'风谏之语，于斯为切。然仲尼论之，以为大雅。引此比彼，屈原之词，优游婉顺，宁以其君不智之故，欲提携其耳乎？而论者以为露才扬己，怨刺其上，强非其人，殆失厥中矣。夫《离骚》之文，依托五经以立义焉。"[12]古代依经立义之风气所及，就连新文化运动之后的反传统时代，文化革命者通过对西洋名人言论与名著的征引来建构、言说自己的革命思想与理论主张，乃至"批儒评法"、"批林批孔"的政治运动等，原来都采用的是传统的依经立义的意义建构方式与解读方式。

表音文字立足差异性与针对性，旨在求异的归纳演绎，意义有四：

一是字母生成及其意义传承的归纳演绎。比拨罗字母四面开花，分别形成阿拉马字母谱系、迦南字母谱系、撒巴字母系统等，这是比拨罗字母的演绎有余，而对不同地区与民族的演绎，归纳不足的结果；倒过来说，以经荷兰与罗马尼亚的东部，过南斯拉夫的中部，到阿尔巴尼亚的东部为分界线，西边地区用拉丁字母，东边地区用由拉丁字母变异而来的斯拉夫字母，正是两边地区分别借助天主教与东正教的传播，而对不同民族的拉丁字母变异形成归纳的结果。

二是词语意义建构及其解读的归纳演绎。翻开表音文字词典，虽然既有词语源头的追溯，也有不同意义的案例，但是，这一切都统一在由归纳不同用法与意义而形成的意义之下。换句话说，表音文字词典有关词语的诠释，注重的是其具有普遍性的意义。以同一词语为词根创造不同的词语，或截取不同词语的部分合并成新的词语等，正是典型的词语演绎。

三是语法建构的归纳演绎。立足普遍性与共同性乃表音文字语法建构基本原则。语文结构的普遍性与共同性，只能来自对不同的拼写方法及其结构

---

12 转引自郭绍虞主编，中国历代文论选（第一册）[M]，上海：上海古籍出版社，1979，89、150。

的归纳，使之形成体系，通过演绎方法补足其中缺失。

四是理论建构与解读的归纳演绎。以表音文字为书写媒介的理论建构与解读，往往是先立假设，或先定前提，或先提命题，或方法理论先立，然后据此分层次、分步骤，运用逻辑方法，推论、求证、诠释，其推论、求证、诠释的过程，就是演绎归纳的过程。从而形成西方文化理论建构的学说纷呈，理论解读的众说纷纭，重在演绎归纳的过程而非结论，或说根据演绎归纳的过程看待结论，由借助的方法理论的可取与否来判断结果的价值。

（二）汉字依经立义的"假说"与表音文字归纳演绎的"假说"

立足意义假设的西方学说，在未经证实之前属于"假设"，经过证实之后而不能成立者便成为"假说"。将假设变成真理的是归纳演绎，将假设变成假说的同样是归纳演绎。只不过是前者的归纳演绎全面，后者的归纳演绎片面。换句话说，立足于片面归纳演绎的真理，本质上却是假说。例如：爱因斯坦（Einstein Albert）"相对论"将牛顿（Isaac Newton）"万有引力定律"变成了假说；哥白尼（Nicolaus Copernicus）"太阳中心说"将亚里斯多德（Aristotélēs Αριστοτέλης）"地球中心说"变成了假说；乔治·勒梅特（Georges Henri Joseph Éduard Lemaître）当初提出关于宇宙起源，建立在物理定律的普适性和在大尺度上，宇宙是均匀且各向同性的宇宙学原理，两个基本假设之上的"宇宙大爆炸说"时，正是称其为"原生原子的假说"。科学离不开假设，科学研究就是去伪存真，将假设要么变成真理，要么变成假说；将科学的假设变成真理的是试验、实验，成则为真理，败则为假说，无须争辩。而区分人文学科的假说与真理的方法，则主要是归纳演绎与实践。其中，问题往往出现在归纳演绎上，将片面归纳演绎当作全面归纳演绎对待。例如立足由表音文字书写的西方文化的历史与规律，来归纳演绎包括由意音文字书写的民族文化在内的人类文化的历史与规律，显然失之于以偏概全。在此，我们无意追究西方文化人文学科假说盛行的功过是非，我们关心的是，西方文化人文学科的假说，为何植根于归纳演绎？显然与强调差异性与针对性，立足求异与独立自足的表音文字的假设机制不无关系：或说表音文字为其所书写的西方文化人文学科提供了假设机制；或说表音文字与西方文化人文学科具有相同的假设机制。

显然，中国传统文化人文学科的"假说"，同样植根于书写媒介，强调相似性与关联性，立足求同与相关性的汉字依经立义。具体表现有二：

首先是假托古代圣贤或前贤之名，发表自己的言论与成果，凡是建言立说，必定祖述三代。例如：如上所述，清儒撰《四库全书提要》之所以考证《尔雅》与《楚辞》、《庄子》、《吕氏春秋》、《山海经》的关系，就是为了证明有关"周公与孔子作《尔雅》"之说，属于傍名人之举，"大抵小学家缀辑旧文，递相增益，周公、孔子皆依托之词。""盖亦《方言》、《急就》之流，特说经之家多资以证古义，故从其所重，列之经部耳。"影响所及，使二十世纪以来的中国，假托现代西方名人、名著、学说成为风气。原来，不计其数的冠以西方现代某某学说之名的著作，其作者或因为西语水平限制，或因理论修养限制，难以真正弄懂西方学说原意，因此而误为醍醐灌顶之论，不仅加以照单全收，在反传统而学西洋时代潮流之下，进而误以为祖述传播这些西方现代学说有着启发国民心智之功德，乃至趋之若鹜。显然，在中国传播西方理论学说出现误读，本身无可厚非，问题是当事人不仅自以为是，将自己对相关学说的理解当作其本义，甚至狐假虎威，自觉与不自觉地以相关学说的理论家自居。

其次是后人以仿品假充前人，乃至前贤作品，也不乏后人将前人著作归于后世名人名下的事例。例如：据《四库全总目〈尚书正义〉提要》，经梅鷟《尚书考异》、朱彝尊《经义考》、阎若璩《尚书古文疏证》等考证，所谓题为汉"孔安国传"，由晋梅赜奏于朝的《古文尚书》，原是伪托。虽标称古文尚书，却是部分篇章作伪，令其同真作混淆。当今中国文物收藏界，主要是陶瓷与书画收藏界盛行的伪托方式，在中国由来已久。只不过是古人的作伪兴趣，似乎不在于追名求利的文物赝品制作，而在于满足"窃喜"。谋求作品问世留传的人文学科经典鱼目混珠的仿作，例如《管子》与《庄子》等均在此列。今存《列子》则被疑为全系魏晋人伪托。如前文所述，《隋书·经籍志》载《六韬》题为"周文王师姜望撰"，经后人考证，乃战国时人伪托姜子牙之名。据考证，宋人著作《百战奇略》，旧题"明刘伯温撰"，则属后人将前人著作归于后世名人名下的事例。

二、语境成义与文本成义

言语自有言语的情境，例如言者与听者的此情此景；语言自有语言的环境，例如语言表述的此时此地，涉及对象；语义自有语义建构的背景，例如语义生成的时代、社会、文化背景。总之，言语、语言、语义激活于相应的情境、环境、背景，简称"语境"。《辞海》诠释"语境"说是"说话的现实情境，即运用语言进行交际的具体场合，一般包括社会环境、自然环境、时间地点、听读对象、作者心境等项因素。为人们进行修辞活动的依据。"或"专指某个语言成素出现的'上下文'。"[13]显然只是对表音文字语法所强调的言语情境与语言环境的表述，而未能涵盖汉字汉语语义建构的背景。其实，立足相似性与关联性，旨在认同，意义生成与解读，都在于立象尽意与依经立义的汉字书写的文本，意义他成，或说意义体现于文本语境，由此形成汉字意义生成与解读，注重语境的语境性；而立足差异性与针对性，旨在求异，意义生成与解读，都在于假设约定与归纳演绎的表音文字书写的文本，则意义自成，或说意义体现于文本自身，由此形成表音文字意义生成与解读，注重结构的结构性。就词句而言，比较相关称谓可知；就文本而言，比较同为对话、语录、言行录的《论语》、《老子》、《孙子》与柏拉图的《柏拉图对话集》、色诺芬（Xenophon）的《苏格拉底回忆录》，同为神话传说故事文本的《太一生水》、《山海经》、《淮南子》、《吕氏春秋》与荷马的《伊利亚特》、《奥德修斯》、赫西俄德（Hesiod）的《神谱》、《农作与日子》可知；就表现手法而言，比较中西文论的形象理论与意象理论可知。

（一）汉字的立足语境与表音文字的立足文本

汉字的意义既取决于自身形态，立象尽意，也取决于经典用法，依经立义，但是，与读音无关，也与词序的关系不大。虽然一字异读与方言，往往具有不同的意义，但是，是否属于一字异义与方言，还是要看具体语境，或说根据相应的语境足以判断其意义；文字的不同顺序，虽然会构成不同意义，但是，相应的语境以及事物的规律与特性，已经决定文字所表达的事物的相应顺序。从而使语境成为汉字文本意义建构的决定因素；使识字与大量作品阅读，成为汉字语文学习的主要任务。汉语入门不易，却是难者不会，会者不难，掌握相应的文字意义之后，即可随意运用。换句话说，不懂语法者或说无须懂得语法，只要了解常用汉字的意义，阅读足够的作品，便可写作、阅读与交流。所谓"熟读唐诗三百首，不会吟诗也会偷"，这里的"偷诗"是说，即使完全不懂语法、格律与诗词创作方法者，也完全可以仿作或借用。从而使汉字的阅读与运用水平，主要依靠对语境的了解与运用，通过语境实现其意义建构。

与汉字不同，表音文字的读音决定意义，也即是语法结构决定意义。或

---

13 辞海[M]，上海：上海辞书出版社，1989，1036。

说表音文字文本的意义建构，由词素结构、词组结构、词句结构、段落结构构成的文本结构来实现。表音文字的学习与运用，虽然从学字母及其读音入手，语音自成体系，但是，不像常用汉字或说满足基本表达的汉字就有上千，字母的数量十分有限，例如现代西方乃至世界上使用最广的英文，只有二十六个字母，俄文只有三十三个字母，其它表音文字的字母符号，也至多是几十个，简便易学，方便易用，关键在于掌握语法，记忆相关词汇。从而使表音文字的阅读与运用水平，完全体现为对语法的掌握与运用，通过文本自身实现其意义建构；使语法成为拼音语文学习的主要任务。反过来说，拼音语文的作者与读者，只能通过文本叙述来建构意义与解读意义；拼音语文学习，就是要懂得并掌握由词素结构、词组结构、词句结构、段落结构等构成的文本结构。虽然拼音语文也有"语境"之说，但是，语境也只能体现在文本当中，或说读者完全可以由标点运用、语句结构等文本自身感知语境。具体说来，例如具有时态、情态、语态、比较级的英语等表音文字的词素、词组、段落的意义，通常都比较明确，更不用说由此构成的文章。至少是同汉字文本相比是如此。

至于汉字语境成义，立足语境的意义建构，与表音文字文本成义，立足文本的意义建构的差异，我们先看词句。以称谓为例，例如：中国民间流行以子女的身份称呼他人，从而有"某某他爷爷"、"某某他姥姥"、"某某他姐夫（指女婿）"的称呼，或者"你爷爷"、"你姥姥"、"你姐夫"的称呼，乃至简称"爷爷"、"姥姥"、"姐夫"，为人母的妇女，或者干脆称呼丈夫的父母为爷爷、奶奶，称呼自己的兄弟、姐妹为舅舅、小姨等，意在抬高对方的身份，以示尊重。这份尊重完全依赖具体语境成全，就称谓本身而言，也可以说是"错称见义"。原来，这种"错称见义"传统，植根于孔子编《春秋》的一字见义，一字褒贬，或称"错文见义"的称谓运用。如《史记·孔子世家》所载："吴楚之君自称王，而《春秋》贬之曰'子'。"周朝体制，诸侯国君非公即侯，《春秋》常以降低其爵位以示贬意。杜预《春秋左氏传序》说是："《春秋》虽以一字为褒贬，然皆须以数句以成言。"说的就是孔子"春秋笔法"对语境的运用。表音文字的称谓显然是意义自足，通常体现为完整的短语"我们的阁下"，"您的朋友"，"爱你（思念你）的"等，其意义如字面所示。

再看文本。作为孔子师徒日常对话与言行录的《论语》，与作为老子语录或格言的《老子》，无论是前者学生对老师的请教，老师所做的分析、诠释，老师的临时教导，师徒的言行记录，还是后者老子对自然、社会、人生的思考，都属于点到即止，以点带面，意义表达极大地发挥了语境的作用。而《柏拉图对话集》与《苏格拉底回忆录》，名义上是对话，实际上属于学术问题讨论，即使不是仿照对话形式而从事的论文写作，至少进行了体系完善方面的加工，从而使对话者的论点论据、讨论程序，十分明确集中，意义表达由文本自身完成。古希腊与古罗马虽不乏格言，但是，类似《老子》的格言专著，却成为缺失。如果说《太一生水》片段神话传说信息属于脱离所在文集所致，《淮南子》、《吕氏春秋》的片段性神话传说信息，属于被裁剪运用所致，那么，《山海经》的神话传说信息，则完全属于神话传说片段，令人神龙见首不见尾，在没有找到证据之前，我们既然不能肯定这是中国神话传说大量遗失散落的结果，同样不能排斥古人就是这么叙事，意在利用语境的作用，文本叙述或拈出苗头，而让读者想见其即将发生的过程、结果，或直书过程乃至高潮，让读者想见其原因、结果，或给出结果，让读者想见其起因、过程。而《伊利亚特》、《奥德修斯》、《神谱》、《农作与日子》，本身就是一个完整的古希腊神谱，且不必说其中的情节叙述、情感表达、价值意义，就在字里行间。

再看表现手法。若是说中国文论借彼说此的比物连类手法，致力于语境营造的特性尚不明显，或说与西方的比喻类同的话，那么，立足于立象尽意的意象、兴象、意境、境界理论，尤其是唐代皎然《诗式》提出的表现"两重意已上"的"文外之旨"，《评论》提出的"采奇于象外，状飞动之趣，写真奥之思"，唐代司空图《与李生论诗书》提出的表现"韵外之致"，"味外之旨"，《与极浦书》借用戴容州"诗家之景，如蓝田日暖，良玉生烟，可望而不可置于眉睫之前"之说，由此提出的表现"象外之象，景外之景"，《诗品》提出的"超以象外，得其环中"，"不着一字，尽得风流"，宋代欧阳修《六一诗话》引梅圣俞语"状难写之景，如在目前，含不尽之意，见于言外"等，都莫不是在推崇并强调语境运用及其表现，可与绘画理论中，关于山水人物画，不画人物而人物自藏其中的"藏笔"，笔不周而意周的"疏体"等，互证互释，不必细说。与中国文论的意象论相对应，西方文论则强调形象描写与景物描写，追求人物形象塑造的鲜明生动，自然景物描写的写实逼真。

相对中国文论强调语境运用的意象论，西方文论从柏拉图到达芬奇（Leonardo di ser Piero da Vinci）以文艺为表现世界与生活的"镜子"之说，乃至现代意象论，依旧属于强调形象描写与表现想象的形象论。对此，《柏拉图对话集》写道：画家"象旋转镜子的人一样，他也只是在外形上制造床"。达芬奇《笔记》则说："虽然在选材上诗人也有和画家一样广阔的范围，诗人的作品却比不上绘画那样使人满意，因为诗企图用文字来再现形状，动作和景致，画家却直接用这些事物准确的形象来再造它们。""画家的心应该象一面镜子，永远把它所反映事物的色彩摄进来，前面摆着多少事物，就摄取多少形象。"[14]现代西方文论有关意象的界定，层出不穷，例如美国学者艾布拉姆斯（Meyer Howard Abrams）给出了三重含义：广义的"意象"，指诗歌等文学作品中所有的可以感知的客体和品质，无论是实在的描述，还是幻想，或是明喻与隐喻中的比拟；包括视觉、听觉、触觉、嗅觉、味觉、动感等所有感觉特征。狭义的"意象"，指对可视的物体和景象的描述。常见的"意象"，则是指修辞性的形象化语言，尤其是明喻与隐喻手法。使之构成一名三义。[15]总之，现代西方文论的意象论，依旧着眼于各种意象表现的文本意义。

（二）汉字的语境成义与表音文字的文本成义比较的启示

综上所述，对以汉字为书写媒介的中国语文的语境成义，与以字母为书写媒介的西方语文的文本成义，明确认识与区别对待，显然是中西文化交流与互补的应有态度。不发生交流与影响时，相互比较、参照，有益于对双方特性的认识；发生交流与影响时，相互借鉴、补充，有益于的双方的自我完善与发展；所谓相互借鉴、补充，就是实现两种语文意义建构方式的转换。以此为平台，回顾西风压倒东风的近代中西文化交流、碰撞、移植，其中的启示，显而易见：

首先是绝大多数现代中国文学作品，失去传统汉语言文学所追求的言外之意的含蓄之美，词丰采富的文采之美，如苏州园林，亭台楼阁，勾心斗角的结构之美，激发读者想象的激发性与关联性，文约旨博，可供读者想象的

---

14 转引自伍蠡甫，西方文论选（上卷）[M]，上海：上海译文出版社，1979，33、182-183。

15 Abrams, M. H. ed. *A Glossary of Literary Terms*, Orlando: Holt, Rhinehart and Winston, Inc., 1988. pp81-82.

空间。或说明罗贯中《三国演义》、施耐庵《水浒传》、吴承恩《西游记》、署名兰陵笑笑生《金瓶梅》、许仲琳《封神演义》、清曹雪芹《红楼梦》丰富想象与其神话主题、标题密切相关，丰富的文采来自历史积淀，现代中国文学因坚持无神论而牺牲了想象，因坚持反文言的白话而损害了文采，显然与事实不符。书写现代文坛的悲哀，有"蜀中无大将，廖化充先锋"之嫌的金庸小说等现代武侠小说的兴盛，靠的正是想象，上述明清"六大小说"的语言，正是明清时代的白话，如今读来也不比二十世纪初的白话文学更难懂。再说，又是什么因素影响到现代中国文学不再出现类似明清"六大小说"的优美结构呢？原来，绝大多数现代中国文学作品正是全面模仿西方文学的产物。但是，又没能意识到西方文学的意义建构方式用于汉语写作，必须实现由表音文字文本成义的意义建构方式，到汉字语境成义的意义建构方式的转换，结果使白话文学沦为直白文学。

与之互证互释的是西方文学汉译。例如因已由语境明确，可以省略甚至应该省略的主语等句子成分没能省略所造成的啰嗦，因大量完全可以根据汉语习惯理顺的倒装句夹杂其中所造成的不通顺，因固守英语等西语语法所造成的长句子令人读来气短等，不必细说。至于上述现代文学作品的不足，除了结构之外，自然全部体现在绝大多数的西方文学汉译之中。

其次是绝大多数现代人文学科的学术著作沦为常识叙述，老生常谈，相互抄袭。篇幅越来越长，概念层出不穷，理论引用越来越丰富，而新意越来越少，创见越来越难得，最终导致当下"为学问而学问"、"画鬼学问"、"外行学问"的盛行与泛滥。追究起来，也莫不与现代中国学术热衷对西方学术及其文本成义的意义建构方式的移植有关。上述弊端，文学史、文学概论、文学批评史、哲学史、哲学原理、教育学、教育史等相关学科的学科史与概论，首当其冲；甚至是绝大多数现代学术专著都难以幸免。例如：对孔子、孟子、老子、庄子等学者生平乃至时代背景的介绍，千篇一律地出现在中国文学史、中国文学批评史、中国哲学史、中国教育史，乃至有关学术专著之中，不是不可以，而是没必要。因为上述著作的读者会同时阅读中国历史。这大概也是古人分学术著作为经史子集，令其各司其职，相辅相成的原因。那么，现代学者为何热衷大量抄引资料的老生常谈？移植于西方的文本成义的意义建构方式正是其根源：就为了让读者对相关问题例如孔子教育思想、老子哲学思想等有个全面了解。文本成义在使大量抄引相关资料成为必要的同时，也使抄引他人著作成为合法，进而使面面俱到，乃至字数多少（至少多于《老子》的五千字），还必须有参考文献、引文出处注释等，成为学术写作规范，看看当下从学士到博士的学位论文写作要求便明白了。换句话说，《论语》、《老子》、《孙子》独立成文的每一段话，在追求文本成义的现代学者那里，都需要用一本书来表达。具有讽刺意味的是，相对具有学术价值的《人间词话》、《管锥编》、《谈艺录》等现代学术著作，原来却不符合现代文本成义的学术规范，若是作为学位论文，也肯定不合格，根本就不能参加答辩。此事让人联想到1903年留学日本，随后转赴欧美，游学海外十几年，通十几门外语，1926年出任清华研究院导师时，既无学位也无著作的陈寅恪，后来专注中国文化研究的故事。

与之互证互释的是对西方理论学说的套用。本来，如同有关"十三经"的各种集评、集释、集注，若无建构于各家见解之上的创见，便属于编辑而非著作，有关西方著作、学说的译介，因其不存在建构于他人见解之上的创见，而不能算是著作；译介他民族著作的目的，在于学习或模仿，进而实现自我创新，这是常识；但是，在基于文本成义的意义建构方式，以大量抄引相关资料为能事的习惯认识之下，变指出出源的译介为不提出源的套用，通过套用西方理论学说于中国文化现象之上，从事削足适履的伪建言立说，也就成为现代学术的主业。如前文所述，其中语言学首当其冲，马建忠《马氏文通》、黎锦熙《新著国语文法》、刘复《中国文法通论》等都是这方面的成果，有关中外哲学、史学、教育学、逻辑学、文学理论的著作，亦在其中，经济学尤其。换句话说，许多现代成名学者就是靠编写套用西方理论学说的中外哲学、史学、教育学、逻辑学、文学理论著作而成名，经济学尤其。

至于"为学问而学问"、"画鬼学问"、"外行学问"，检阅近来国家社科基金等各种科研立项可知。对填学术空白与文本成义的强调，使那些本无研究价值，根本就不值得研究的课题，得以立项，陷入为学问而学问；使那些根本因缺少事实依据的课题，通过假想与演绎完成论证，得到立项，从而成为画鬼学问；使那些并非哲学、历史、文学、教育、经济研究者的哲学、历史、文学、教育、经济课题立项，通过系统的论证而获得通过，从而成为外行学问。换句话说，只要对上述课题立项人的知识储备与相关课题的语境有所了解，便不会有上述各种伪学问；上述种种伪学问之所以大行其道，就是因为各种立项局限于意义假设、归纳演绎的文本论证。

三、文化解读与文本解读

（一）汉字文本的文化解读与表音文字文本的文本解读

依经立义、语境成义的汉字文本的解读，要求进行语境解读，从而形成文化解读。通常来说，汉字文本的解读方式体现为"三个诉求"：既定意义诉求；文本语境诉求；文化语境诉求。三者互动互应：若是字词既定意义不能确定，文本意义便难以理解，文化意义更无法把握；文本意义解读以字词解读为基础，又靠文本解读与文化解读成全；文化解读自然是以字词解读与文本解读为基础，同时反过来决定着前两者的正确与否。

以称谓为例。例如对"足下"、"陛下"、"阁下"的理解，首先是确定字词的既定意义："足"即腿脚，"陛"即台阶，"阁"即楼阁；接着确定其文本意义：用于表示敬称。这些显然都不难，难的深入下去，确定"足下"、"陛下"、"阁下"到底是指普通的敬称还是对君主的敬称，足下、陛下、阁下为何反而成为敬称。话题由此进入文化语境诉求：古代的足下称谓既用于上辈也用于同辈，后来用于同辈，战国时则多指君主，例如《战国策·燕策》："苏代谓燕昭王：'足下以为足，则臣不待足下矣'。"《史记·秦始皇纪》："阎乐前即二世数曰：'足下骄恣，诛杀无道，天下共畔足下，足下其自为计。'"裴骃集解引蔡邕说是："群臣士庶相与言，曰殿下、阁下、足下、侍者、执事，皆谦类。"对专用于帝王尊称的"陛下"，《汉书·高帝纪》"大王陛下"颜师古注引应劭说是："因卑以达尊之意也。若今称殿下、阁下、侍者、执事，皆此类也。"二者互证互释。何为因卑达尊？蔡邕《独断》卷上说是"谓之陛下者，群臣与天子言，不敢指斥天子，故呼在陛下者而告之，因卑达尊之意也。"这显然涉及到中国文化避免称呼和书写君主与尊长姓名乃至以避免直呼他人姓名为敬的"避讳"传统。又例如对司马迁《报任少卿书》"太史公牛马走司马迁"的理解，明确"太史公"即对太史令的尊称，或说"太史公"作为官职由当事人自称属于自尊，"牛马"就是家畜牛马，"走"即奔走的字词意义的既定意义诉求，十分容易；而明确其作为自谦之词的具体意义的文本解读："太史公"到底是指司马迁，还是指司马迁之父司马谈？"牛马走"是指效犬马之劳，还是指掌牛管马之仆？学界便出现分歧：主要解释有三：一是《辞源》引《文选》李善注："走，犹仆也。"说是"在皇帝之前如牛马供奔走的人"。[16]二是

---

16 辞源[M]，北京：商务印书馆，1988，1073。

《辞海》同样是引《文选》李善注："走，犹仆也。"又说是"像牛马一样被役使的人"。[17]三是清梁章钜《称谓录》说是太史公指司马迁之父司马谈，走犹仆。"言以为太史公，掌牛马之仆。"[18]要确定孰是孰非，便有待文本语境与文化语境诉求：完整解读《报任少卿书》可知，致书司马迁，要求其利用中书令而非太史令之职推贤进士，时任益州刺史的任安，并非司马迁晚辈。根据传统习惯，非祖师与祖父等高辈对晚辈，便不好自用尊称，更不用说《报任少卿书》系私信而非公函，用官称既失之于傲慢，亦失之于冷淡。若是司马迁以具有自尊意味的"太史公"自称，意义便只能偏向谦逊之说"牛马走"，意思是"太史公随时听候吩咐"，或说"太史公随时准备效劳"，然而，随之而来的"司马迁"便造成行文重复，如果说这里的重复属于官职加姓名，如同今人所谓中国教育部部长某某，那么，相应表达也应当是"太史公司马迁牛马走"；若说太史公是皇帝的牛马之仆，便不如说"中书令牛马走"更加贴切；倒是太史公指司马谈，较合文本意义与文化语境，也与下文司马迁对其"主上所戏弄"的太史令家庭出身的强调相吻合。然而，若将"太史公牛马走"理解为司马迁自称其父司马谈之仆，显然又与文化语境不合；若是将"太史公掌牛马之仆"理解为对司马谈的表述，又令司马氏父子形成并列关系，将《报任少卿书》变成司马迁父子共同署名，更加离谱。原来，根据文化语境，所谓"太史公牛马走司马迁"，如同《论语·八佾》"孰谓鄹人之子知礼"，《孟子·尽心上》"望见齐王之子"等，乃春秋至秦汉以家族指称个人称谓"某某之子"惯用句式，意思就是"太史公之子司马迁"。所谓"牛马走"，意思就是愿为他人如同牛马奔走。人类与牛马同情同德，正是典型的天人物我合一的认知模式。"太史公牛马走司马迁"一击两鸣：在运用传统的应对尊长以祖父身份为恭敬的以父统子的谦称的同时，又为下文强调其太史令家庭出身打伏笔。读《史记·田叔列传》可知，任安乃贫家才俊，有公正机智之名，为汉武帝所重用，也为武帝所杀。司马迁回书时，任安正在狱中。《史记》对其评价甚高，拿之与《报任少卿书》并读，司马迁对任安的敬重与同病相怜之情，跃然纸上。当然，以上见解是否属于定论，还有待深入研究。

以诗文为例。例如《木兰诗》最后四句"雄兔脚扑朔，雌兔眼迷离，双

---

17 辞海[M]，上海：上海辞书出版社，1989，3782。

18 梁章钜，称谓录[M]，哈尔滨：黑龙江人民出版社，1990。

兔傍地走，安能辨我是雄雌"的解读，弄清"迷离"即目光朦胧、离散，眼睛模糊、不明的字词意义，似乎轻而易举，然而，"扑朔"何指，便难倒了学界，结果，许多学者便连迷离也不知所云了，于是，"扑朔迷离"的诠释本身便扑朔迷离：或说"扑朔，形容雄兔脚上的毛蓬松的样子。迷离，形容雌兔的眼睛被蓬松的毛遮蔽的样子"。"雄兔与雌兔在行走时不能区别"。[19] 或说"扑朔，跳跃的样子。迷离，眼神朦胧的样子"。"这两句是互文，即两兔的脚都扑朔，两兔的眼都迷离"，因此难分雌雄。[20]或说"扑朔：又作'扑渥'、'扑握'，形容雄兔缩足跳跃貌。迷离：目光朦胧貌。'双兔'二句：言雄兔雌兔并无太大的区别，双兔傍地走，谁能分辨雄与雌？"[21]或说"扑朔、迷离，谓模糊不清，很难辨别其为雌为雄"。[22]或说"扑朔状跳跃，迷离状眼睛眨动，也是互文，即雄兔脚扑朔眼迷离，雌兔眼迷离脚扑朔，所以两兔在地上跑时，很难分别谁雌谁雄"。[23]原来，《木兰诗》解读关键是文化语境诉求：扑朔迷离的前四句，写征战十二年载誉归来，恢复女妆之后的木兰，前去看望火伴，令火伴百感交集的对话及其场景。随后四句，写木兰对处于惊忙状态的火伴，比物连类，取象兔之雌雄，诙谐而机智的回答，拿现在的话说就是：战友啊！虽说男女有别，如同兔之雌雄，雄性好动，雌性好静；可是我们是相处在经常运动的疆场啊！驰骋战斗不仅掩盖了我好静的女性倾向，而且令我走向对好动的男性倾向的认同，如同跑动的雌雄双兔，性别莫辨，所以你才没能看出来。其中的阳刚阴柔，男动女静，雄动雌静，相反相成，相互转化，所体现的正是中国文化话语阴阳动静互包互孕的哲理模式，天人物我合一的认知模式。以兔之雌雄比类人之男女，正是比物连类、立象尽意的意义建构方式。

与之相对应，意义自足的表音文字的文本解读，较少依赖见之于言外的文化语境诉求，通常立足文本自身的语音、语法、语义、语境分析，通过解读文本自身，即可完成，至少难得出现如上所述，汉字文本解读依赖文化语境诉求的情形，从而形成专注文本的文本解读。表音文字的文本解读方式，通常体现为"三个立足"：立足词句分析；立足词句的主导与中心意义；立足意

---

19 朱东润，中国文学作品选（第二册）[M]，上海：上海古籍出版社，1979，394。

20 程千帆，中国古代文学英华[M]，上海：上海教育出版社，1984，453。

21 袁行霈，中国文学作品选（第二卷）[M]，北京：中华书局，2007，87。

22 辞海[M]，上海：上海辞书出版社，1989，1743。

23 周振甫，诗词例话[M]，北京：中国青年出版社，1962，310-311。

义假设、归纳与演绎，不赘述。[24]

（二）汉字书写的文化解读与表音文字书写的文本解读比较的启示

首先是汉语古诗文解读不能背离文化解读的传统；而这种背离，自现代以来，可谓愈演愈烈，由当下中学《语文》有关古诗文解读可见；究其根源，又与近代以来中国文化西方化潮流之下，汉字诗文解读走向表音文字诗文解读方式的"三个立足"，不无关系。下面我们便以同时出现在中学《语文》中的上述两个事例，"太史公牛马走司马迁"与《木兰诗》"扑朔迷离"的解读为例，分析如下：

高中《语文》引中华书局 1995 年版《名家精译古文观止》，译"太史公牛马走司马迁"为"太史公马前卒司马迁"，[25]读来显然有些费解："太史公"是指司马迁，还是指司马迁之父司马谈？"太史公马前卒司马迁"，是说太史公司马迁本身就是马前卒，还是说皇帝的马前卒太史公司马迁，或是说太史公我司马迁，就是您任安大人的马前卒？"马前卒"难道不是指官员出行在前引导的吏役吗？显然，这种翻译不仅多余：学生理解"马前卒"并不比理解"牛马走"容易；而且应了学界"古文今译古文死"之说：如前文所述，"牛马走"乃中国文化传统的人与自然合一的认知模式与话语模式的体现，"马前卒"则有意置人类于牛马之上。总之，"牛马走"如同陛下、阁下、足下，同为不可译的谦称。那么，译者为何要强行翻译，强作解人？这不免让人想到译者所受表音文字文本解读方式的影响。然而，下文的"少卿足下"又被保留下来，又将原因引向文化诉求的缺失。

如果说上述事例失之于文本语境诉求与文化语境诉求的缺失，乃至对表音文字文本解读方式的固守，尚不明显的话，那么，初中《语文》对《木兰诗》扑朔迷离的解读，则可谓以坚持表音文字文本解读方式的"三个立足"为能事，先是以假想代替事实考据："据说，提着兔子的耳朵悬在半空时，雄兔两只前脚时时动弹，雌兔两只眼睛时常眯着，所以容易辨认"，继之以立足词句的主导与中心意义的归纳与演绎："扑朔，动弹。迷离，眯着眼。""雄雌两兔一起并排着跑，怎能辨别哪个是雄兔，哪个是雌兔呢"？[26]总之，既不顾

---

24 徐扬尚，从"扑朔迷离"看古文立象尽意的言说方式：兼论现代古文解读方式的"西化"[J]，东方论坛，2009，(4)。

25 丁帆，杨九俊，语文（必修五）[M]，南京：江苏教育出版社，2007，71。

26 语文（七年级下册）[M]，北京：人民教育出版社，2001，67。

"扑"即扑打、轻打，"朔"即朔日、初一、初始的字词既定意义，以"扑"字为中心词统一"朔"字，将其理解为动态，又因不知"扑朔"的具体状态如何，于是笼统解释为动弹，然后以此为基础，建构其"据说"的假想，也不顾扑朔迷离四句是对前文木兰看火伴，火伴惊诧于她的女子身份时，木兰释疑的文本语境，当然，文化语境诉求的缺失，自在其中。反之，若是按照汉字文本解读的"三个诉求"，去解读《木兰诗》扑朔迷离的人之男女与兔之雌雄之分别，从事字词既定意义诉求时，若是以字为意义单位，而非如同表音文字文本解读以词为意义单位，从事文化语境诉求时，若是对中国文化话语阴阳动静互包互孕的哲理模式，天人物我合一的认知模式，立象尽意的意义建构方式有所了解，便不难查到，"朔"即朔鼙即始鼓，也就是古代举行射礼，开始奏乐时所击的小鼓，取朔之初一、起始之意故名，也就不难弄清，"扑朔"即有节奏的快速轻击朔鼙的动作，虽说雌兔与雄兔吃草时，都会为警防天敌而不时坐立，乃至站立，四处张望，两只前脚不自觉地作扑朔状，但是，形容在雌兔闲静静卧时，雄兔或卧或坐或立，当静不静，两只前脚不时作扑朔状的惯常行为，才是《木兰诗》扑朔的本义，与之对应，《木兰诗》借迷离以形容雌兔闲静时，目光朦胧，似视非视，作沉思状的惯常安静状态，也就不难明白雌雄双兔天性的动静之别，及其基于相应条件的相互认同与转化。

四、知识修养与知识技巧

汉字文本依经立义、语境成义的意义建构方式与文化解读的解读方式，使汉字文本的意义建构与解读成为知识修养的表现；与之相对应，表音文字文本意义自足，文本成义的意义建构方式与文本解读的解读方式，使表音文字文本的意义建构与解读成为知识技巧的表现，尤其是文学创作与文学批评方面，更是如此。前者犹如中国学生的"谜语游戏"，后者犹如欧洲学生的"拼字游戏"；前者倾向经验感悟与知识绽放，走向艺术化，后者倾向程序编排与知识创新，走向技术化。由如下两方面可见：

（一）中国作家的学者化与西方学者的作家化

如果允许我们以通过假想与推理来解读人生、社会、世界，作为作家的本领，以通过感悟与比类来解读人生、社会、世界，作为学者的本领，而假想与推理，靠的是智慧与知识技巧，感悟与比类，靠的是智慧与知识修养的话，那么，完全可以说，中国先汉作家走向强调知识修养的学者化，古希腊与古罗马学者则走向强调知识技能的作家化。或说成就中国周汉文化的是中国人对人生、社会与世界的感悟与比类，成就古希腊与古罗马文化的是欧洲人对人生、社会与世界的假想与推理。也由两方面可见：

一方面，作为中国文化史第一座丰碑的是以知识修养见长的学者孔子，而作为西方文化史第一座丰碑的则是以知识技巧见长的作家荷马。孔子虽然是中国文学史的第一人，其门徒记录其言行的《论语》，据说由其奠定的解读《周易》之作《易传》，乃至亲手写作的《春秋》等，作为学术著作或思考，既富文采又充满激情，完全可以作为文学阅读，后人也正是拿其作为散文来阅读，但是，他却同时享有政治家、思想家、教育家、哲学家等各种学术桂冠，或说在政治史、教育史、哲学史上都享有一席之地，甚至占据首席，总之，孔子的学者身份才是大家更看重的，如果说孔子是作家，那也是学者化作家。荷马史诗《伊利亚特》、《奥德修斯》作为古希腊文学，其内容涉及神话、宗教、历史、政治、经济等各个方面，或说西方的神话、宗教、历史、政治、经济研究莫不从中提取信息，然而荷马的历史地位却仅仅属于西方文学史，人们只承认他的作家身份，如果将其置于学者的视角，那也是以知识技巧见长的作家化学者。无独有偶，庄子与伊索可谓中西文学史上最早的寓言作家。庄子寓言与伊索寓言同样富于哲理，折射出当时的生活信息。其中，前者又富于哲学、历史、政治、神话信息，后者则富于哲学、神话、宗教信息。然而，庄子因此而被视为作家与哲学家，伊索则仅仅被视为作家。

另一方面，在某种程度上，中国先汉与古希腊和古罗马也可以说是作家学者化与学者作家化的时代。这里不是说中国先汉只有学术而没有文学，或者只认可学术而不认可文学，古希腊和古罗马只有文学而没有学术，或者只认可文学而不认可学术，因为这不是史实。史实是中国的《诗经》、《楚辞》诸子散文、历史散文，足以比类古希腊和古罗马的史诗与戏剧；古希腊和古罗马的苏格拉底、柏拉图、亚里斯多德（Aristotle）、赫西俄德、希罗多德（Herodotus）、贺拉斯（Quintus Horatius Flaccus）、维吉尔（Vergilius）、奥维德（Publius Ovidius Naso）、普鲁塔克（Plutarchus）等，足以比类中国先汉的孔子、孟子、荀子、老子、庄子、墨子、屈原、韩非子、左丘明、司马迁等。而是说在中国先汉，无论是学者还是作家，都以知识修养为重，致力于对人生、社会、世界的感悟与比类，以知识绽放为能；而在古希腊和古罗马，无论是学者还是作家，则都以知识技巧为重，致力于对人生、社会、世界的假想与推理，以知识创新为能。一个不争的事实是：《论语》、《孟子》、《荀子》、《老子》、《庄子》、《墨子》、《管子》、《韩非子》等诸子著作，《左传》、《战国策》、《史记》等历史著作，《易传》、《大学》、《中庸》等儒家经典，莫不可以作为文学来阅读，中国人也正是同时拿其作为文学来接受，文学学术化显而易见。反之，西方人则不拿柏拉图、亚里斯多德的哲学著作或美学著作，希罗多德、普鲁塔克的历史著作当文学；而柏拉图的"理想国"及其外在于现实的"理念世界"，则莫不是假想的产物，不同于老子的"小国寡民"与"道"，前者属于历史曾经的存在，后者属于对现实存在的抽象与命名，亚里斯多德"三段论"的大前提，同样属于假想的产物，例如凡是人都会死，张三是人，所以张三会死，原来所谓"凡是人都会死"的大前提，其实是个来自归纳而未经证明的假想，学术文学化显而易见。

（二）中国文艺的学术化与西方文艺的技术化

如前文所述，中国先秦以礼乐射御书数为"六艺"，如同古希腊以文艺为技术，都是以学问为知识技能。然而却同中有异：前者使文艺落脚于修身，又使修身成为艺术与学问，文艺与修身，最终双双走向立足于知识领悟与融会贯通的学术化；后者则使文艺落脚于职业，又使职业成为知识技能，文艺与职业，最终双双走向立足于程序建构与掌握的技术化。

据《周礼·地官司徒》："养国子以道，乃教之六艺：一曰五礼；二曰六乐；三曰五射；四曰五驭；五曰六书；六曰九数。"其中"六书"即《诗》、《书》、《礼》、《乐》、《易》、《春秋》。由此可知，文艺乃教育的主要内容。据《礼记·经解》："孔子曰：入其国，其教可知也。其为人也，温柔敦厚，诗教也；广博易良，乐教也；洁静精微，易教也；恭俭庄敬，礼教也；属辞比事，春秋教也。"由此可知，文艺教育具体体现为诗教与乐教。据《论语·泰伯》："子曰：'兴于诗，立于礼，成于乐。'"由此可知，文艺最终成为修身的根本。据《礼记·大学》："欲修其身者先正其心，欲正其心者先诚其意；欲诚其意者先致其知，致知在格物。"由此可知，修身又最终通过格物致知来实现。从而使文艺与修身都打上学问的烙印，知识修养先行。当然，文艺的知识修养，既包括接受者通过文艺接受实现知识修养，多识鸟兽草木之名，风土人情，有利于社交应对，也包括创作者须有知识修养的储备，言之有情，言之有物，言之有理，从而使文艺作品本身成为知识修养的体现。《论语·先进》："德行：

颜渊、闵子骞、冉伯牛、仲弓。言语：宰我、子贡。政事：冉有、季路。文学：子游、子夏。"正是以文学为学问，许之子游、子夏。事实也正是如此：孔子删述六经，多因子夏而传于后世，《春秋》三传，《公羊传》与《谷梁传》均出自子夏弟子之手。

在古希腊，文艺、艺术、技艺属于同义词，本义是指所有非自然生成的人为的东西，包括农业耕种、畜牧放养、土木制作、医药医疗、骑射驾驭、诗歌雕刻等。因此，在《柏拉图对话集》等古希腊著作里，做诗与做桌子、做鞋子，才会被苏格拉底等人等同起来，统称为"技艺"。据《伊安篇》：颂诗人伊安受到苏格拉底称赞，赞其行业不但熟读荷马的辞句，而且彻底了解荷马的思想之后解释说，说是自己因在"颂诗的技艺上就费过很多的心力"，才成为颂荷马史诗的佼佼者。结果却遭到苏格拉底的反对，说是"像我刚才所说的，若是你对荷马真有技艺的知识，允许我领教，口惠而实不至，你就真是在欺哄我。不过你如果并没有技艺的知识，对荷马能说出那些优美的辞句，是不由意识的，凭荷马灵感的，像我所想的那样，我就不能怪你不诚实了。不诚实呢，受灵感支配呢，你究竟愿居哪一项？"结果，伊安被迫认同苏格拉底之说："这两项差别倒很大，受灵感支配总比不诚实要好的多。"[27]由此可知，作诗、颂诗与演戏都属于技艺，是当时的普遍观念，且不说苏格拉底让伊安相信其灵感说，不是其学说的胜利，而是其诱人就范的辩论技巧的胜利。因此，亚里斯多德轻而易举地颠覆了苏格拉底与柏拉图的"理念说"与"灵感说"，认为作为诗的起源的摹仿，就是人的求知本能；文艺摹仿的世界，本身就是一般与个别的统一，真实自在其中；诗人创作靠的技艺或本能。为此而写作《诗学》，具体探讨了文艺的性质、功能、种类、媒介、情节等。换句话说，《诗学》对"诗要如何写得好，情节如何安排"等问题的探讨，本身就属于技艺研究。反之，不为人所左右的"天赋"话题，则被亚里斯多德设而不议。亚里斯多德《修辞学》话题已经超出文艺话题而成为意义建构方式、表述方式、解读方式的话题。贺拉斯与人讨论戏剧和诗的创作的书信被后人整理为《诗艺》出版。如同亚里斯多德，贺拉斯也认为诗人是靠天赋与技艺创作："有人问：写一首好诗，是靠天才呢，还是靠艺术？我的看法是：苦学而没有丰富的天才，有天才而没有训练，都归无用；两者应该相互为用，相互

---

27 转引自伍蠡浦，西方文论选（上卷）[M]，上海：上海译文出版社，1979，13、28。

结合。"[28]贺拉斯有关剧种、结构、效果、人物、场景、诗格的探讨，不仅体现为相应的程序，而且具有可操作性。郎加纳斯（Longinus）《论崇高》对文学技艺及其研究的肯定可谓旗帜鲜明，认为天资也只能体现为技巧："首先要求我们解决的问题是：究竟有没有传授崇高或高超的一种技术。因为有人常常主张，企图使这种研究对象服从技术规则只是自欺欺人而已。他们告诉我们，崇高是天生的，并非依靠传授所能获得的；天资是唯一能够教授它的老师。……德谟斯梯尼关于一般生活所说的话：'最大的幸福是运气好，但是其次，而且同样重要的，是有见识'（因为好运气是会为无见识所破坏净尽的），可以用在文学上，假使我们用'天资'来代替'运气'，用'技巧'来代替'见识'。而且，（这是最重要的一点），作者在什么时候必须听天资的指挥，也只有从技术上才会体会到。有种批评家专门挑剔热情学习技巧的作家，如果他能够考虑我以上所说的一切，他或者会改变认为我们当前的研究毫无用处的主张。"随后具体地探讨了崇高的五种来源或条件："第一而且是最重要的是庄严伟大的思想"；"第二是强烈而激动的情感"；"第三是运用藻饰的技术"；"第四是高雅的措辞"；第五是总结上述四要素形成的"整个结构的堂皇卓越"。[29]基于亚里斯多德、贺拉斯、郎加纳斯对西方文论的长远影响，西方文论的技巧论传统，由此奠定。

第三节　比物连类与描绘叙述

一、比物连类与描绘叙述

（一）中国文学的比物连类与西方文学的描绘叙述

　　书不尽言，言不尽意的中国文学，如何立象尽意、依经立义、穷情写物？主要话语模式就是拟容取心，比物连类；就是《诗经》与《楚辞》率先垂范的赋比兴。赋比兴说早见于《周礼·春官》"大师……教六诗：曰风，曰赋，曰比，曰兴，曰雅，曰颂。"《毛诗序》以"六诗"为诗之"六义"，虽然秩序不变，但是其诠释风雅颂而不顾赋比兴的作法，已经令"六义"两分。率先对赋

28　转引自伍蠡甫，西方文论选（上卷）[M]，上海：上海译文出版社，1979，116。
29　转引自伍蠡甫，西方文论选（上卷）[M]，上海：上海译文出版社，1979，122、123、125。

比兴做界定的是郑玄和郑众。郑玄《周礼注》写道："赋之言铺，直铺陈今之政教善恶。比，见今之失，不敢斥言，取比类以言之。兴，见今之美，嫌于媚谀，取善事以喻劝之。"又引郑众之说："比者，比方于物也；兴者，托事于物也。"刘勰《文心雕龙》分作《诠赋》与《比兴》，又对赋比兴加以区别对待：在强调汉代以来赋比兴传统的变异乃至缺失的同时，着重强调由兴的缺失，比的变异，变赋的盛行，导致富辞采而乏风骨，重声韵而轻意象，文风堕落，将比兴合二为一。刘勰对赋与比兴的界定是："风通而赋同，比显而兴隐"。"比者，附也；兴者，起也。附理者切类以指事，起情者依微以拟议。起情故以兴体以立，附理故比例以生。比则畜愤以斥言，兴则环譬以托讽。盖随时之义不一，故诗人之志有二焉"。总之，"比兴"就是"拟容取心"，"讽兼比兴"。钟嵘《诗品序》承《文心雕龙》之意，调整过去的习惯说法赋比兴的秩序为兴比赋，以此为诗之三义，强调其相辅相成："故诗有三义焉：一曰兴，二曰比，三曰赋。文已尽而意有余，兴也；因物喻志，比也；直书其事，寓言写物，赋也。宏斯三义，酌而用之……。若专用比兴，患在意深，意深则词踬。若但用赋体，患在意浮，意浮则文散，嬉成流移，文无止泊，有芜漫之累矣。"孔颖达《毛诗正义》进而明确："风雅颂者，诗篇之异体；赋比兴者，诗文之异辞耳。……赋比兴是诗之所用，风雅颂是诗之所成形。用彼三事，成此三事，是故同称为义。"朱熹《朱子语类》认同孔氏分"六诗"为体用，以风雅颂为体，以赋比兴为用之说，以风雅颂为"三经"，赋比兴为"三纬"，具体诠释道："赋，敷陈其事而直言之者也"；"比者，以彼物比此物也"；"兴者，先言他物以引起所咏之词也"。而钱钟书以为："胡寅《斐然集》卷一八《致李叔易书》载李仲蒙语：'索物以托情，谓之"比"；触物以起取情，谓之"兴"；叙物以言情，谓之赋'。颇具胜义。'触物'似无心凑合，信手拈起，复随手放下，与后文附丽而不衔接，非同'索物'之着意经营，理路顺而词脉贯。"[30]综上所述，要点有五：第一，"六义"之说属于说诗；诗抒情言志的表现与叙事写物的再现兼得。第二，风雅颂为诗体，赋比兴为诗法；风有赋比兴，雅有赋比兴，颂有赋比兴。第三，赋比兴同归美刺，也即是风雅颂同归美刺。赋乃铺述直陈，叙物言情；比乃以彼物比连此物，索物托情；兴乃以彼物引连此物，触物起情。赋比兴三足鼎立，相互为用，理论上可分，实践中难分而不必

---

30 钱钟书，管锥编（第一册）[M]，北京：中华书局，1979，63。

强分，总之，同归拟容取心，比物连类，美刺兼得。例如《关雎》，初看似兴，其实是赋比兴兼得。第四，赋比兴之比，有比喻而不限于比喻，兼有比类。比喻立足语句，常见于语段，同类比喻组合构成排比，喻体与本体双方彼此对应，喻体依附于本体，自身没有意义；比类即比物连类，不限于语句，常见于语段乃至篇章，可以是同类比连组合，也可以是同一比类的一比到底，比类事物互为中心，意义自足，取其公义。第五，《诗经》、《楚辞》率先垂范的美刺赋比兴，是由先秦文学奠定的优良传统；汉代及其以后盛行的歌德文学，因怨刺缺失而造成变赋的流行，兴的丧失，比的变异；所谓"汉魏风骨"，又正是先秦怨刺赋比兴传统的体现。

总结自《诗经》、《楚辞》拟容取心、比物连类的赋比兴，作为话语模式，其实并不局限于诗辞乃至文学，而是成为先秦散文的表现手法，乃至日常生活的话语模式，普遍存在于先秦诸子的作品与言行之中。基于赋诗言志的风气，影响到辩论的比物连类，说理的寓言运用，从而成为先秦文化的话语模式。例如：孔子说："岁寒，然后知松柏之后凋也。"（《论语·子罕》）"朽木不可雕也，粪土之墙不可污也。"（《论语·公冶长》）老子说："三十幅共一毂，当其无，有车之用。埏埴以为器，当其无，有器之用。凿户牖以为室，当其无，有室之用。故有之以为利，无之以为用。"（《老子·十一章》）庄子说："荃者所以在鱼，得鱼而忘荃；蹄者所以在兔，得兔而忘蹄；言者所以在意，得意而忘言。"（《庄子·外物》）显然都属于比物连类、拟容取心。选入中学生课本的《荀子·劝学》，其比物连类可谓登峰造极："吾尝终日而思矣，不如须臾之所学也。吾尝跂而望矣，不如登高之博见也。登高而招，臂非加长也，而见者远；顺风而呼，声非加疾也，而闻者彰。假舆马者，非利足也，而致千里；假舟楫者，非能水也，而绝江河。君子生非异也，善假于物也。"在至今流行的成语、典故、歇后语、俏皮话中，均可以感受到传统的比物连类、拟容取心的比兴手法。

那么，文本书写言语，言语传情达意的西方文学，又是如何假设和约定意义？通常的表现手法是描绘、叙述，比喻、想象。就是荷马史诗与古希腊戏剧率先垂范的摹仿。德谟克利特（Leucippus）虽然认定诗人是靠灵感与天才写作，但是却认定文艺创作本身属于摹仿。苏格拉底与柏拉图师徒虽然认定诗人是在代神说话，靠灵感创作，但是也同样认定文艺属于摹仿，只不过是"与真理隔着三层"。虽然诗人处于"迷狂"状态的代神说话，不为自己的意志所转移，但是并不妨碍诗人追求诗剧结构对立的调和、合式，避免过长与过短，使之头尾、身段、四肢俱全，形成生命的整体。亚里斯多德《诗学》在以"诗人的职责不在于描述已经发生的事，而在于描述可能发生的事，即按照可然律或必然律可能发生的事"之说[31]，将被苏格拉底与柏拉图归之于神的文艺摹仿的主动权还给诗人的同时，也将文艺摹仿的技艺具体定位于描绘、叙述，包括比喻、摹拟，想象、虚构。综上所述，要点有二：一是"摹仿说"生成于"灵感"、"天才"、"理念"、"迷狂"诸说，纠正于文艺摹仿现实或生活的可能说，从而注定作家要忠实再现摹仿对象的宿命，进而形成"再现说"。二是"摹仿说"的文论对象主要是史诗与戏剧，立足于再现人物与场景的描绘叙述。

在某种程度上，西方文学的艺术手法就是"摹仿"与"再现"的描绘叙述、比喻想象手法。艺术手法虽然有描写、叙述、抒情、比喻、拟人、夸张、讽刺、说理、烘托、渲染、对比等，但是，主要的手法还是描绘叙述、比喻想象，或说其它手法莫不可以归结到描绘叙述、比喻想象之中。在日常生活中，西方人更是以直接的描绘叙述、比喻想象为对话方式，以致有西方人明恩溥因此而认为中国人讲话间接的比物连类、以彼说此，属于好拐弯拐弯抹角，乃至因此而有中国人"不尚精确"、"说话婉转"、"脑筋不清"、"虚伪"之说。[32]

（二）中国文学的比物连类与西方文学的描绘叙述比较的启示

综上所述，结合中西文学史，中国文学的比物连类与西方文学的描绘叙述相比较：比物连类常用于先秦诗歌的论理抒情；描绘叙述常用于荷马史诗与古希腊戏剧的叙事。比物连类建构了中国文论的表现与再现"兼得说"，具体体现为"比兴"手法；描绘叙述建构了西方文论的"再现说"，具体体现为"摹仿"手法。比物连类的比兴精神是二元相反相成的美刺；描绘叙述的摹仿精神是一元中心的歌颂。刘勰《文心雕龙·比兴》视比喻、摹拟、想象、虚构为比物连类、拟容取心的手段；亚里斯多德《诗学》与《修辞学》视比喻、摹拟、想象、虚构为描绘叙述的手段。比物连类既可用于语句，又可用于语段，还可用于篇章，比类事物意义自足，互为中心，取其公义；描绘叙述的比

---

31 转引自伍蠡浦，西方文论选（上卷）[M]，上海：上海译文出版社，1979，64。
32 [美]明恩溥，中国人的气质[M]，北京：中华书局，2006，26、33、42、55-56。

喻、拟人通常立足于语句，常见于语段，喻体以本体为中心，强调本体与喻体的意义置换与对接。比物连类的意象连立，在于以象去象，得意忘象；描绘叙述的排比，意在强调某种东西，并不改变喻体对本体的依附关系。由此不免引起我们的思考：

首先，既然比兴的精神在于美刺，那么，作为比兴的典范之作《诗经》与《楚辞》，以及继承风雅比兴，"晋宋莫传"的"汉魏风骨"之作（陈子昂《修竹篇序》），乃至捍卫与实践比兴的陈子昂、李白的诗作，当属现实主义之作。既然比兴之中的比物连类、拟容取心，属于立象尽意，且常常表现为依经立义，不同于西方文学的理想建构，那么，比物连类的意象建构，便不属于通过表现理想来表现现实的理想主义手法，屈原《离骚》与李白《行路难》三首等，借神话意象，前贤典故，历史事件等，抒写情怀，显然不属于假设的理想建构，而属于对"已经成为历史的现实"的再现，理想的表现与历史的再现，相反相成，互包互孕。因此，有关"屈原与李白及其诗作乃浪漫主义诗人与浪漫主义诗歌"之说，便值得商榷，或说所谓"屈原与李白乃浪漫主义诗人"之说，不免有拿西方的摹仿文论，令中国的比兴文学削足适履之嫌。

其实，现代以来，拿西方的摹仿文论，割裂解读中国的比兴文学的事例屡见不鲜，似乎已成风气，且有愈演愈烈之势。例如收入中学《语文》的《关雎》的解读：一方面，《关雎》的人类求偶与雎鸠求偶，属于比物连类、互证互释、互为中心的关系：一边是猛禽雎鸠求偶，不是霸王硬上弓的占有，而是彼此追求的和鸣；一边是人类求偶，非特强凌弱或淫乱私奔的琴瑟友爱。关关雎鸠对琴瑟友之、钟鼓乐之，雎鸠和鸣对琴瑟合奏、钟鼓礼乐；琴瑟合奏即君子淑女彼此友爱，钟鼓礼乐即有情人终成眷属，走向婚礼殿堂。因此，以为琴瑟友之乃君子以琴瑟愉悦淑女，钟鼓乐之乃君子迎娶淑女，皆属以君子为淑女之中心的误读，与雎鸠和鸣的雄雌平等互动之意相背离。对雎鸠求偶的表现，虽然在于引发人类求偶，但是，前者同样意义自足，读者可以从中感受到自然的和谐。换句话说，阴阳和谐，正是雎鸠求偶与人类求偶的意象共同体现的公义。另一方面，《关雎》淑女采摘荇菜的过程与君子思慕淑女的过程，互证互释，相辅相成，共同构成君子淑女的恋爱过程：一边是采摘中的淑女遇见钟情于自己的君子，心有所动，故有采摘过程的蒙太奇，由不自觉任荇菜左右搜求，到左右采摘，再到左右挑选。采摘过程的细说，在于揭示淑女的内心活动。可与《陌上桑》书生惊艳于罗敷时故意整理头巾连类。一边是君子遇见采摘中淑女，由心生倾慕，到辗转反侧，再到动之以情，尊之以礼，琴瑟相和，最终得以在钟鼓礼乐之声中拜天地，而非君子强抢淑女为妻，或淑女与君子无礼私奔。然而却遭到现代学者望文生义的误读：首先是不知钟鼓乐之之"钟鼓"，乃古代礼乐之器，而非供个人演奏的乐器，"乐"即礼乐之乐，而非快乐之乐，误读为"用钟鼓来欢乐她"。同时将本来表示君子与淑女和谐友爱的琴瑟友之，误读为"用琴瑟来亲悦她"。[33]最终造成中学《语文》对《关雎》的割裂解读：整个解读，除了几个词固执字面含义的注释之外，既没读出君子淑女的相爱过程，也没有指出相爱过程的细节描写，在于表现君子淑女相爱的礼乐文明，更没能指出君子淑女的相爱与雎鸠求偶的互证互释关系，及其由此体现的人类与自然共有的和谐意义。原因何在？一是割断了雎鸠的求偶与君子淑女相爱之间比物连类、拟容取心、互证互释的关系，想当然地将雎鸠的求偶，理解为与君子淑女相爱两不相干的起兴之语，从而在解读后者时，过河拆桥，将前者完全抛弃一边。二是对诗句进行孤立解读，视其为比喻、想象、拟人、象征。总之是拿西方文学植根于"摹仿说"，立足语句的比喻、想象、拟人、象征手法来理解《诗经》立足篇章的比兴。又例如二十世纪末同样被收入中学《语文》，后来不知何故被删的《诗·硕鼠》的解读：《硕鼠》比物连类、拟容取心，以贪得无厌的硕鼠与不堪其逼迫誓以逃亡来反抗者，彼进此退的意象及其过程，隐喻劳动者与不劳而获者的斗争关系。"适彼乐土"，"爰得我所"，"适彼乐国"，"爰得我直"，"适彼乐郊"，"谁之永号"，劳动者逃离剥削者的逃亡，节节败退：乐土显然是指那没有剥削，没有政府，众人平等，自食其力的快乐之地。到了乐土，逃亡者以为找到了安身立命之地。如果找不到这样的乐土，也要退而求其次，逃到虽然有政府，有剥削，但是，统治者、剥削者尚能认识到被统治、被剥削者的价值、恩德，从而使其统治与剥削趋向节制的快乐之国。到了乐国，逃亡者以为至少是自己对于被统治与被剥削的价值、恩德会得到承认。如果这样的乐国也找不到，那就再退而求其次，逃到山高君王远，远离统治者与剥削者的乐郊，纵使与禽兽为伍，生存艰难，也远比遭受没有节制的压迫与贪得无厌的剥削快乐。到了乐郊，逃亡者以为那时也就用不着为不堪压迫与剥削而哀号了。总之是决心逃亡到底，也就是反抗到底。而这种逃亡与反抗的坚决，正是通

---

33 陈子展，诗经直解（上册）[M]，上海：复旦大学出版社，1983，1-4。

过逃亡与反抗的过程来体现的。"无食我黍","无食我麦","无食我苗",剥削者的剥削，得寸进尺：吃了黍又吃麦，最后连苗都不放过；"莫我肯顾"，"莫我肯德"，"莫我肯劳"，剥削者无情无义：既不顾念被剥削者的艰难，也不承认被剥削者的恩德，甚至是无视被剥削者的劳动。总之，令被剥削者忍无可忍。而这种忍无可忍，正是通过看似重复的一咏三叹来体现的。如同《关雎》雎鸠求偶意象与人类求偶意象的互为中心，《硕鼠》的硕鼠意象在隐喻劳动者与剥削者关系的同时，也意义自足：本身就是硕鼠与人类关系的写照，故有后世的"祈鼠歌"乃至相关禁忌。由此体现人类与自然的公义：相互体谅、包容，则和谐共生；相互残害、敌视，则一拍两散。然而，上述内容均为《硕鼠》的现代解读者所忽视，仅仅是拿立足语句的比喻、拟人来说事，立足词语注释，从而造成割裂性解读。

现代学者将比物连类的比兴混同于西方文学的比喻，拿西方文学比喻的规则来诠释中国文学的比兴，其结果就是让例如《论语·八佾》所载孔子与子夏师徒，由美人面目描写连类绘画技巧，进而连类礼仪的对话，被误读为胡乱联想；让同属比物连类，取其公义的《诗大序》有关"《关雎》，后妃文王之德"说，被误读为牵强附会；让例如《庄子·外物》所载庄子为说明得意忘言，比物连类荃鱼、蹄兔，《荀子·劝学》所载荀子为阐释学习的重要性，比物连类跂望与登高，顺风而呼，假舆马，假舟楫等，或是被误读为排比，或是被误读为重复；让例如《诗经》中《关雎》的"关关雎鸠，在河之洲"，《有狐》的"有狐绥绥"，《野有蔓草》的"野有蔓草"，《风雨》的"风雨凄凄"等比兴，被误读为与正文意义无关。

二、意义流出与意义诠释

（一）汉语比物连类的意义流出与西语描绘叙述的意义诠释

立象尽意、依经立义的汉语，比物连类，意义在言说中自动流出。也就是说，意义存在于比物连类的意象建构之中而非之外；比物连类的意象本身就是意义之所在；意义解读，可以通过解读置身于相应的文本语境与文化语境的相关意象来完成，无须外求。与之相对应，意义假设，约定俗成的希腊语、拉丁语、英语等西语，描绘叙述，意义显现，则需要通过详尽的情节与形象诠释来实现，因为我们曾经再三强调，表音文字符号及其排列组合本身不具有意义。也就是说，表音文字的意义明确，依赖详尽的情节叙述与形象诠释；意义解读也只有通过解读详尽的情节叙述与形象诠释来完成。

汉语比物连类的意义流出，例如前文所述的《关雎》，按照西方文学的描绘叙述，意思就是：男欢女爱乃人之天性；和谐乃天地人包括爱情在内的存在之道。真在于和谐，善在于和谐，美在于和谐，爱情的真善美在于和谐。和谐在于平等相待，和谐在于相互尊重，和谐在于遵守礼仪。因此，男欢女爱应当平等相待，应当相互尊重，应当遵守礼仪；不可恃强凌弱，不可淫乱私奔，不可不知羞耻。或说美好的爱情就在于平等相待，相互尊重，遵守礼仪。这是文明爱情宣言。然而，男欢女爱的天性，爱情的相思，爱情的和谐，到底如何体现为平等相待，相互尊重，遵守礼仪？由此陷入"说来话长"。采用比物连类，男欢女爱的天性，君子淑女平等相待，相互尊重，遵守礼仪的爱情，由"关关雎鸠，在河之洲；窈窕淑女，君子好逑"，君子的"寤寐求之"，"寤寐思服"，"辗转反侧"，"琴瑟友之"，"钟鼓乐之"等系列意象建构可见，天地人的和谐之道，由君子淑女求偶与雎鸠求偶的比物连类可见，无须多加解释。其历史背景与文化语境是：一方面，《左传·昭公十七年》载郯子朝鲁，说是其祖少皞氏以鸟名官，"雎鸠氏，司马也"，孔颖达疏："司马主兵，又主法制。"《毛诗正义》："雎鸠，王鸠也，鸟挚而有别。"君子，本义为国君之子，引伸为贵族子弟，又引伸为有才能者。君子淑女比类雎鸠，在于为其社会角色人物个性定位，强调君子的强势贵族身份与淑女的爱情专一个性。另一方面，《关雎》时代，礼乐崩坏，淫乱私奔成风，和谐守礼的爱情难得，读《诗·溱洧》诸诗可知。

又例如《硕鼠》，按照西方文学的描绘叙述，意思就是：你这不劳而获的剥削者啊！我已经忍耐与娇惯你很久了。你既不体谅我的艰难，也不尊重我的善良，就连我的辛劳都得不到你的承认，真是让我忍无可忍啊！你太贪得无厌、冷血无情了！惹不起还躲不起吗？我要敬而远之，再也受够了！其中，诗人要表达逃亡者对剥削者娇惯、忍耐乃至忍无可忍及其所以然，只有运用"贪得无厌"、"忍无可忍"、"誓死逃亡"等相关词汇加以诠释；读者要领会逃亡者对剥削者娇惯、忍耐乃至忍无可忍及其所以然，只有通过对《硕鼠》的相关诠释及其所用词汇的领会来实现。采用比物连类，逃亡者对剥削者娇惯与忍耐，剥削者的贪得无厌、冷血无情，逃亡者义无反顾、誓死逃亡的决心，便自动呈现于"无食我黍"、"无食我麦"、"无食我苗"，"莫我肯顾"、"莫我肯德"、"莫我肯劳"，"适彼乐土"、"适彼乐国"、"适彼乐郊"，

"爱得我所"、"爱得我值"、"谁之永号"的字里行间，无须赘言；逃亡者那难以描绘叙述的情感意志及其决绝，则通过上述的意象连类与层层递进，得到充分表现，读者完全可以读象悟义，无须外求。

再例如《木兰诗》的最后四句"扑朔迷离"，按照西方文学的描绘叙述，意思就是：虽说阳刚阴柔，男动女静，天性有别，但是，我们相处于不断运动的疆场，运动掩盖了我作为处女好静的女性倾向，所以你才没能看出我作为女子的本来面目。然而，阳刚阴柔，男动女静的天性到底如何表现，如何区别，如何在运动中被遮蔽与混同？又为何说男动女静是人类的天性？诠释起来，没完没了。比物连类，男动女静的天性及其如何被遮蔽乃至混同莫辨，由"雄兔脚扑朔，雌兔眼迷离。双兔傍地走"，不辨雌雄的意象建构可见，雄动雌静作为人类与动物的共性，自然天性的表现，读者一读便知。

西语描绘叙述的意义诠释，例如为亚里斯多德所肯定的古希腊悲剧《俄狄浦斯王》情节描写，当俄狄浦斯因破解斯芬克斯之谜而成为底比斯王，又因命中注定的杀父娶母罪行，使底比斯遭受瘟疫，由此成为底比斯罪人，神谕只有将俄狄浦斯驱逐出境，瘟疫才能平息的真相大白，俄狄浦斯又应验先知预言他将变成瞎子并成为乞丐之后，写道：（俄狄浦斯台词）"别说这件事作得不妙，别劝告我了，假如我到冥土的时候还看得见，不知当用什么样的眼睛去看我父亲和我不幸的母亲，既然我曾对他们作出死有余辜的罪行。我看着这样出生的儿女顺眼吗？不，不顺眼；就连城堡，这望楼，神们的神圣的偶像，我看着也不顺眼；因为我，忒拜城最高贵而又最不幸的人，已经丧失观看的权利了；我曾命令所有的人把那不清洁的人赶出去，即使他是天神所宣布的罪人，拉伊俄斯的儿子。我既然暴露了这样的污点，还能集中眼光看这些人吗？不，不能；如果有方法闭塞耳中的听觉，我一定把这可怜的身体封起来，使我不闻不见；当心神不为忧愁所扰乱时是多么舒畅啊！唉，喀泰戎，你为什么收容我？为什么不把我捉来杀了，免得我在人们面前暴露身世？玻吕玻斯啊，科任托斯啊，还有你这被称为我祖先的古老的家啊，你们把我抚养成人，皮肤多么好看，下面却有毒疮在溃烂啊！我现在被发现是个卑贱的人，是卑贱的人所生。你们三条道路和幽谷啊，橡树林和三岔路口的窄路啊，你们从我手中吸饮了我父亲的血，也就是我的血，你们还记得我当着你们作了些什么事，来这里以后又作了些什么事吗？婚礼啊，婚礼啊，你生了我，生了以后，又给你的孩子生孩子，你造成了父亲，哥哥，儿子，以及新娘，妻子，母亲的乱伦关系，人间最可耻的事。"[34]对此，亚里斯多德《诗学》第十四章指出："恐惧与怜悯之情可借'形象'来引起，也可借情节的安排来引起，以后一办法为最佳，也显出诗人的才能更高明。情节的安排务求人们只听事件的发展，不必看表演，也能因那些事件的结果而惊心动魄，发生怜悯之情；任何人听见《俄狄浦斯王》的情节，都会这样受感动。"[35]总之，《俄狄浦斯王》依靠对俄狄浦斯不幸遭遇等情节的详尽叙述，来实现对恐惧与怜悯之情的表现与唤起。这种描绘叙述的口述方式，更加强化了情节叙述对于意义建构的重要性。而同是表现恐惧与怜悯，《孔雀东南飞》与《窦娥冤》的比物连类，分别通过刘兰芝与焦仲卿被逼殉情，二人合葬坟墓旁枝结连理，树上鸳鸯相向而鸣的意象营构，窦娥临死之前所发三桩誓愿，颈血不落飞上白练，六月飞雪掩埋尸骨，当地干旱三年的应验，感天动地，天人感应使一切尽在不言中。

（二）诗歌与戏剧分别成为早期中西文学代表文体之所以然

汉语比物连类的意义自动流出，一方面使古代中国人的日常交流较少借助手舞足蹈等肢体语言的诠释，使文质彬彬成为个人修养的体现，而指手划脚则成为缺乏教养的表现；中国文学较少有"我是多么的高兴（忧伤、痛苦、绝望）"，"你是多么的伟大（可爱、可恨、残暴、凶恶）"，"这件事物是如何的美好（漂亮、完美）"，"这种事情是如何的糟糕（麻烦、艰难）"等，有待进一步诠释的抽象陈述。另一方面使依赖语言本身的具象性而实现意义建构的口头文学顺利发展，乃至形成笑话、故事、评书、弹词等说唱文学的繁荣；使诗乐舞三位一体的诗歌得以通过阅读而完成接受，独立于与之相辅相成、互证互释的乐舞之外，并成为早期中国文学的代表文体，得到例如外交辞令等方面的广泛应用。换句话说，诗歌之所以成为中国先秦文学的代表文体，得益于汉语比物连类的意义彰显，是其成因之一。

希腊语、拉丁语、英语等西语描绘叙述的意义详尽诠释，一方面使西方人的日常交流习惯借助瘪嘴、摊手、耸肩、扭身、蹬跳等肢体语言的诠释；使西方文学"我是多么的高兴（忧伤、痛苦、绝望）"，"你是多么的伟大（可爱、可恨、残暴、凶恶）"，"这件事物是如何的美好（漂亮、完美）"，"这种事情是

34 [古希腊]索福克勒斯，俄狄浦斯王[M]，北京：人民文学出版社，1979。

35 转引自伍蠡浦，西方文论选（上卷）[M]，上海：上海译文出版社，1979，69-70。

如何的糟糕（麻烦、艰难）"等，有待进一步诠释的抽象陈述，司空见惯。另一方面使口头文学因语言的抽象性转而借助肢体语言与道具的诠释，促成戏剧的繁荣与发展，并成为早期西方文学的代表文体。换句话说，戏剧之所以成为古希腊文学的代表文体，得益于希腊语描绘叙述的意义诠释，是其成因之一。

两相比较，在意义显现方式层面，如果说立象尽意、比物连类、意义自动流出的汉语，属于诗的语言、文学的语言、人文的语言，那么，意义假设、描绘叙述、意义依赖详尽诠释的希腊语、拉丁语、英语等西语，便属于戏剧的语言、经验的语言、科学的语言。基于对诗歌意象性的追求，不懂汉语的美国现代诗人庞德（Ezra Pound），聋子会圆话，受试图从汉字的结构出发，深入语言、句法、意象，建构"汉字诗学"的美国现代诗人与文论家费诺罗萨（Ernest Francisco Fenollosa）的影响，居然借助中国古诗与日本俳句的上述汉语特性，丰富其"意象派"诗歌理论，并据此依靠汉英字典翻译《诗经》、《论语》、《大学》、《中庸》等，也就不足为奇了。庞德在《阅读入门》中谈到费诺罗萨的"汉字诗学"思想时，曾举例说：欧洲人给事物定义常远离他们熟悉的东西，弄得越来越抽象。你若问什么是红色，他就回答是颜色。你再问什么是颜色，他就回答是光线的振动，或是光线的折射，或是光谱的分区。中国人回答什么是红色时，则把某些事物的图像放在一起，如玫瑰、樱桃、铁锈、火烈鸟。因此，代表红的汉字，实际上来自人人皆知的事物。[36]显然，庞德是在强调汉语表述的意象性、经验化与西语表述的抽象性、陌生化。也就是我们所说的，汉语立象尽意、比物连类的意义流出，不同于西语意义假设、描绘叙述的意义诠释的原因之所在。

三、一名三义与时态词缀

（一）汉语意义建构的一名三义与英语意义建构的时态词缀

立象尽意、依经立义、比物连类的汉语意义建构与解读，由此形成词意、语意、文意生成的一字双训、一名三义，一语双关、一文三读。故有董仲舒

---

36 Pound, Ezra, ABC of Reading New Haven: Yale University Press, 1934, p22. 见 Fenollsa, Ernest, *October 1909 notebook, Ezra Pound Papers*（The Beniecke Rare Book and Manuscript Library, New Heven: Yale University）18. [美]埃兹拉·庞德，阅读 ABC[M]，南京：译林出版社，2014，7-8。

的"《诗》无达诂"之说，与前文所说的汉语以及汉字文本意义建构与解读的意义激发，相辅相成、互证互释，或说汉语意义建构的一名三义，正是意义激发的具体表现。"训诂"由此成为汉语入门的基本科目之一，成为非汉语母语者的汉语乃至汉文化学习，能否登堂入室的关键。与之相对应，意义假设、归纳演绎、描绘叙述的西语意义建构与解读，由此形成词意、语意、文意生成由词序、层次、时态、语态、词缀、变形等词法、句法、语法来决定。这正是现代西方文论的结构理论、接受理论的立论之本，与前文所说的西语以及由其书写的文本意义建构与解读的意义规定，相辅相成、互证互释，或说西语意义建构的时态词缀决定论，正是意义规定的具体表现。"语法"由此形成西语学习基本科目之一，成为母语非西语者的西语乃至西方文化学习，能否步入正轨的关键。

　　汉语意义建构的一名三义，乃钱钟书《管锥编》的开篇话题："《论易之三名》：《易纬乾凿度》云："易一名而含三义：易简一也，变易二也，不易三也"。按《毛诗正义·诗谱序》：'诗之道放于此乎'；《正义》：'然则诗有三训：承也，志也，持也。作者承君政之善恶，述己志而作诗，所以持人之行，使不失坠，故一名而三训也。'皇侃《论语义疏》自序：'舍字制音，呼字为"伦"。……一云："伦"者次也，言此书事义相生，首末相次也；二云："伦"者理也，言此书之中蕴含万理也；三云"伦"者纶也，言此书经纶今古也；四云："伦"者轮也，言此书义旨周备，圆转无穷，如车之轮也。'董仲舒《春秋繁露·深察名号》篇第三五：'合此五科以一言，谓之"王"；"王"者皇也，"王"者方也，"王"者匡也，"王"者黄也，"王"者往也。'智者《法华玄义》卷六上：'机有三义：机是微义，是关义，是宜义。应者亦为三义：应是赴义，是对义，是应义。'后世著述如董斯张《吹景集》卷一〇《佛字有五音六义》，亦堪连类。胥征不仅一字能含多义，抑且数意可以同时并用，'合诸科'于'一言'。……一字多意，粗别为二。一曰并行分训，如《论语·子罕》：'空空如也'，'空'可训虚无，亦可训诚恳，两义不同而亦不背。二曰背出或歧出分训，如'乱'兼训'治'。'废'兼训'置'，《墨子·经》上早曰：'已：成，亡'；古人所谓'反训'，两义相违而亦相仇。然此特言其体耳。若用时而只取一义，则亦无所谓虚涵数意也。"钱钟书由此给出《易》一名而三义的解读："'变易'与'不易'、'简易'，背出分训也；'不易'与'简易'，并行分训也。'易一名而含三义'者，兼背出与并行之分训而同时合训也。"[37]

《管锥编》关于一字双训、一名三义的诠释，已涉及一语双关、一语两读："语出双关，文蕴两意，乃诙谐之惯事，固词章所优为，义理亦有之。"以《庄子·齐物论》"以是其所非，而非其所是。……物无非彼，物无非是。……彼出于是，是亦因彼，彼是方生之说也。……因是因非，因非因是。……是亦彼也，彼亦是也，彼亦一是非，此亦一是非"为例，那就是"是非之辨与彼此之别，辗转关生。《淮南子·齐俗训》：'是与非各异，皆自是而非人'；《维摩诘所说经·入不二法门品》第九：'从我起二为二'，肇注：'因我故有彼，二名所以生'；足相参印"。[38]

其实，一文三说、一文三读，同样是由《诗经》奠定的传统，至少是《国风》如此。例如：《关雎》之和谐：一曰自然之雄雌和谐；二曰人类之男女和谐；三曰宇宙万物之阴阳和谐。套用"易一名而含三义"之钱释："宇宙阴阳和谐"与"自然雌雄和谐"、"人类男女和谐"，同出分说；"自然雌雄和谐"与"人类男女和谐"，并行分说。《关雎》之和谐"，兼同出与并行之分说而同时合说也。一文三说虽然就是一文三读，但是，《关雎》一文三读，另有所指：一曰赞美礼仪文明求偶；二曰讽刺强婚淫奔；三曰歌唱天德人性爱情。当然，具体解读与应用往往取其一义。赞美礼仪文明求偶与歌唱天德人性爱情相辅相成；讽刺强婚淫奔与赞美礼仪文明求偶、歌唱天德人性爱情相反相成。《诗大序》所谓"上以风化下，下以风刺上，主文而谲谏，言之者无罪，闻之者足以戒，故曰风"之说，正是对《诗经》以《关雎》为首之风，相反相成之两读的诠释。现代学者以《关雎》为爱情诗，正是对其人类男女和谐之意义给出的第三种解读。又例如：《硕鼠》之诅咒：一曰诅咒贪婪硕鼠之歌；二曰劳动者诅咒贪婪掠夺者之歌；三曰诅咒残害与掠夺，呼唤包容与理解之歌。前者乃民俗活动用于祈鼠的《硕鼠》；中者乃被掠夺者表达反抗之情的《硕鼠》；后者乃统治者采风所得以观民情的《硕鼠》。

英语意义建构的时态词缀，只要翻开中国中学生的《英语》教科书，不言自明。例如生、死、快、乐，无论是作为名词，还是作为动词，或作为形容词，无论是程度较轻，还是程度较重，或是介于二者之间，汉语字形、读音均不变，到底何指，取决于语境。英语则不同：是作为动词，还是作为名词，或

---

37 钱钟书，管锥编（第一册）[M]，北京：中华书局，1979，1-6。

38 钱钟书，管锥编（第一册）[M]，北京：中华书局，1979，4-5。

是作为形容词，程度是较轻，还是较重，或是一般，具体地体现为词缀、变形、时态等。这是词意。语意例如：你可恨！或是作为仇敌间，仇恨之情的表述，或说作为父子间，父亲对儿子恨铁不成钢的表述，或是作为情人间，打情骂俏的表述，汉语字形、读音、句法均不变，到底何指，取决于语境。英语的三者则属于三种完全不同的表述。文意例如：中西解经学。西方《圣经》解读，因解读者知识结构，所持立场，看问题视角等条件不同，从而众说纷纭；中国《诗》、《书》、《礼》、《乐》、《易》、《春秋》"六经"解读，则因其本身的立象尽意、比物连类、一字多训、一名多义、一象多指、一譬多喻，从而形成关注其不同意义的见仁见智。

对中西语文的上述差异或特性的无知或无视，导致两种现象：一是前文再三指出，有关中国现代学者照搬西语语法建构汉语语法，用以切割汉语，结果造成削足适履，对此，学界已有公论，无须重复。二是使世界著名的德国哲学家黑格尔（Georg Wilhelm Friedrich Hegel）"德语有寓相反相成的两意于一词之妙"与"中国文论不宜思辨"之说，成为坐井观天，为钱钟书所批评。《管锥编》在谈到《周易正义》一字双训、一名三义时指出："黑格尔尝鄙薄吾国语文，以为不宜思辨；又自夸德语能冥契造妙，举'奥伏赫变'为例，以相反两意融会于一字，拉丁文中亦无意蕴深富尔许者。其不知汉语，不必责也；无知而掉以轻心，发为高论，又老师巨子之常态惯技，无足怪也。"当然，钱钟书意在求同，因此，接着说"然而遂使东西海之名理同者如南北海之马牛风，则不得不为承学之士惜之"。随后对如上所述的"易"、"诗"、"论"、"王"等字与"奥伏赫变"予以求同，认为前者的三、四、五义乃后者的二义。继而连类《墨子·经说》上：'为衣、成也，治病、亡也'；非即示'已'虽具两义，各行其是乎？《论语·微子》：'隐居而放言'，可释为极言尽词，亦可释为舍置不言，然二义在此句不能同时合训，必须拈一弃一。……即以'奥伏赫变'在而论，黑格尔谓其蕴'灭绝'与'保存'二义；顾哲理书中，每限于一义尔。信摭数例。康德《人性学》第七四节论情感，谓当其勃起，则心性之恬静消减。席勒《论流丽与庄重》云：'事物变易而不丧其本来者，唯运行为然'。"[39] 显然，钱钟书对中西语言一字双训、一名三义的求同，与我们的上述求异，共同构成了相反相成的求同存异。

---

39 钱钟书，管锥编（第一册）[M]，北京：中华书局，1979，1-3。

（二）中西"解经学"、"诠释学"及其所以然

孔子祖述先贤，述而不作，依经立义，编定或赞修《诗》、《书》、《礼》、《乐》、《易》、《春秋》，创立儒家解经学，奠定以注、疏、传、笺、释、正义，比物连类、拟容取心为能事，通过解读先贤圣人之经典来建言立说的中国诠释学。无论是孔子的述而不作，还是后学对于"四书五经"、"诸子百家"等各种经典的注、疏、传、笺、释、正义，比物连类、拟容取心，莫不立足于经典文本本身意义的多元共生，微言大义，从而使解读者见仁见智，依据不同层面、不同视角、不同参照，作出不同解读成为可能。反之，中国解经学与诠释学，视经典解读的见仁见智为顺理成章，天经地义。

那么，孔子之前经典有哪些？孔子如何解读经典？对此，《文心雕龙·宗经》在对经典作出相应的界定之后，写道："皇世'三坟'，帝代'五典'，重以'八索'，申以'九丘'；岁历绵暖，条流纷糅。自夫子删述，而大宝咸耀。于是《易》张'十翼'，《书》标'七观'，《诗》列'四始'，《礼》正'五经'，《春秋》'五例'。"那么，"三坟"、"五典"、"八卦"、"九丘"又是什么？伪孔安国《尚书序》说是："伏羲、神农、皇帝之书，谓之'三坟'，言大道也。少昊、颛顼、高辛、唐、虞之书，谓之'五典'，言常道也。……八卦之说，谓之'八索'，求其义也。九州之志，谓之'九丘'。"具体如何？至今仍是难以信其实，反之，也难以断其虚。至少，八卦成《易》而称经，则不可否认。据《周礼》所言，《易》有三家：一曰《连山》，相传出自夏朝；二曰《归藏》，成就于商朝；三曰《周易》，相传乃周朝之易简称。据后学研究：《连山》是墨家思想之本，《归藏》为道家思想之根，《周易》乃儒家思想之源。三《易》均有八经卦，并由此演化成六十四卦。《连山》以"艮卦"为首卦，艮为山，当三画卦重叠为六画卦时，即为《连山》；《归藏》以"坤卦"为首卦，坤为地，而万物莫不归入其中，《归藏》因此而得名；《周易》以"乾卦"为首卦，乾为天，万物当以天为尊，因出自周代而称《周易》。推而广之，若是分别以八卦的震、巽、坎、离、兑为首卦建构《易》学，必将形成新的五《易》。总之，《易》或八卦本身的多义共生，是其解读形成见仁见智的根本。

孔子依经立义作"十翼"，口授弟子，由弟子与再传弟子加以解读、发挥，形诸文字，故有《易传》；孔子后学同道与孔门弟子操斧伐柯，依经立义，为《春秋》作传，口传至汉，形成《春秋》三传：孔子后学同道左丘明《春秋左氏传》、子夏弟子公羊高《春秋公羊传》、子夏弟子谷梁赤《春秋谷

梁传》。《左传》的解读侧重史实,《公羊传》与《谷梁传》的解读侧重义理。《春秋谷梁传集解》作者晋代范宁《春秋谷梁传序》称:"《左氏》艳而富,其失也巫;《谷梁》清而婉,其失也短;《公羊》辩而裁,其失也俗。"三传之异,既见于体又见于用。例如:《春秋·隐公元年》:"郑伯克段于鄢。"《左传》解读:"段不弟,故不言弟;如二君,故曰克;称郑伯,讥失教也;谓之郑志,不言出奔,难之也。"强调"讥失教"。《公羊传》解读:"克之者何?杀之也。杀之,则曷为谓之克? 大郑伯之恶也。曷为大郑伯之恶? 母欲立之,己杀之,如勿与而已矣。段者何? 郑伯之弟也。何以不称弟? 当国也。其地何? 当国也。齐人杀无,知何以不地? 在内也。在内,虽当国,不地也。不当国,虽在外,亦不地也。"强调"大郑伯之恶"。《谷梁传》解读:"克者何? 能也。何能也? 能杀也。何以不言杀? 见段之有徒众也。段,郑伯弟也。何以知其为弟也? 杀世子母弟目君,以其目君,知其为弟也。段,弟也,而弗谓弟;公子也,而弗谓公子,贬之也。段失弟之道矣,贱段而甚郑伯也。何甚乎郑伯? 其郑伯之处心积虑成于杀也。于鄢,远也。犹曰取之其母之怀中而杀之云尔,甚之也。然则,为郑伯者宜奈何? 缓追逸贼,亲亲之道也。"强调"失子弟之道"。总之,尊师重道的孔门弟子之所以会对身为孔门祖师的言说给出侧重点不同的解读,显然也是因为《春秋》微言大义的叙事方式本身为其提供了空间。

与之相对应,从中世纪旨在通过追溯文字基于特定文化时空的意义,实现对《圣经》或上帝意图的准确理解与诠释,扫除歧义,避免误解的"解经学"即"赫尔墨斯学",到十九世纪赋予解经学以普遍性的"普遍诠释学",其要点有三:一是志在追求对文本本义的理解,扫除歧义,避免误解。二是视文本意义为唯一,本义即真理,歧义即谬误。三是追求本义的方法是字词考释,语句分析,文本语境解读。显然,西方赫尔墨斯学之所以追求文本本义并视其为唯一,这正是其意义建构于假设约定、文本成义的必然。

赫尔墨斯是古希腊神话中的神使,负责向人类传达神,尤其是主神宙斯的旨意。人神沟通之所以需要赫尔墨斯传达,与其说是其职责所在,倒不如说是因为人类难以直接而正确地解读神语,需要借助赫尔墨斯诠释。于是,赫尔墨斯的工作便有了三个要点:赫尔墨斯只有理解诸神,尤其是宙斯的旨意之后,才能进而将神语转换成人语,然后向人类说明神的旨意。因此,《圣经》解读便称"解经学"为"赫尔墨斯学"。

基于对理解与误解的关注，尤其是对误解优先地位的强调，德国哲学家施莱尔马赫（Friedrich Daniel Ernst Schleiermacher）发展解经学为"普遍诠释学"，使之成为理解所有文献典籍的方法论。认为理解的方法有语法诠释与心理诠释之分：前者侧重字面意义诠释；后者侧重作者原意与精神状态重建。心理诠释作为基于共同人性将心比心的技巧的诠释，则难免具有猜测成分。德国哲学家狄尔泰（Wilhelm Dilthey）又基于理解与说明的人文学科方法论与自然科学方法论的不同，历史对于人文学科的重要性，经验对于人生与历史的重要性，深化了"阐释循环"理论：对整体的理解要由对部分的理解来完成，而对部分的理解又只能通过对整体的理解来实现。由此将读者或诠释者的经验与视野纳入理解与诠释的过程。

中西诠释学发展到狄尔泰的"阐释循环"理论与"乾嘉朴学"，似曾相识。《管锥编》写道："乾嘉朴学教人，必知字之诂，而后识句之意，识句之意，而后通全篇之义，进而窥全书之指。虽然，是特一边耳，亦只祇初桄耳。复须解全篇之义乃至全书之指（'志'），庶得以定某句之意（'词'），解全句之意，庶得以定某字之诂（'文'）；或并须晓会作者立言之宗尚、当时流行之文风、以及修词异宜之著述体裁，方概知全篇或全书之指归。积小以明大，而又举大以贯小；推末以至本，而又探本以穷末；交互往复，庶几乎义解圆足而免于偏枯，所谓'诠释循环'（der hermeneutisehe Zirkel）者是矣。"[40]显然，这是立足经典文本意义的多元性，视经典解读的见仁见智为顺理成章的中国诠释学，与立足文本意义建构于假设约定，追求文本本义，避免歧义的西方诠释学的殊途同归。

四、文约旨博与形象逼真

（一）文约旨博、言近意远与形象逼真、整一合式

汉语文本写作基于立象尽意、比物连类、一字双训、一语双关的一拍三响、一文三读，在创作论与风格论层面，就是追求文约旨博、微言大义、言近意远的效果，由此形成汉语文本的写作风格。具体地说，文约旨博、微言大义、言近意远，是由孔子作《春秋》奠定的汉语文本写作的风格与传统，发挥于刘知几《史通·叙事》的"文约而事丰"；言近意远，言精意富，言简意赅是肇始于董仲舒《春秋繁露·精华》的"《诗》无达诂"，陆机《文赋》的"立

---

40 钱钟书，管锥编（第一册）[M]，北京：中华书局，1979，171。

片言而居要"，奠定于刘勰《文心雕龙·物色》的"以少总多"，演化于如前文所述皎然《诗式》的"文外之旨"，司空图《与李生论诗书》的"韵外之致"，"味外之旨"，《与极浦书》的"象外之象，景外之景"，《诗品》的"超以象外，得其环中"，欧阳修《六一诗话》引梅圣俞语"状难写之景，如在目前，含不尽之意，见于言外"的诗词创作论与风格论。这也正是中国诗文创作论与风格论的主流见解。

如前文所述，杜预《春秋左氏传序》所谓孔子《春秋》一字褒贬、数句成言、微言大义、文约旨博的春秋笔法，又具体地体现为三例五体。所谓"三例"即言例、变例、非例。所谓"五体"："一曰'微而显'。文见于此，而起义在彼。""二曰'志而晦'。约言示制，推以知例。""三曰'婉而成章'。曲从义训，以示大顺。""四曰'尽而不污'。直书其事，具文见意。五曰'惩恶而劝善'。求名而亡，欲盖而章。"刘知几《史通·叙事》发挥孔子遗志，说是："夫国史之美者，以叙事为工；而叙事之工者，以简要为主。""《春秋》变体，其言贵于省文。斯盖浇淳殊致，前后异迹。然则文约而事丰，此述作之尤美者也。""盖叙事之体，其别有四：有直纪其才行者，有唯书其事迹者，在因言语而可知者，有假赞论而自见者。……然则才行、事迹、言语、赞论，凡此四者，皆不相须，若兼而毕书，则其费尤广。""又叙事之省，其流有二焉：一曰省句，二曰省字。"因此而使用晦成为必要，"言近而旨远，辞浅而义深，虽发语已殚，而含义未尽。使夫读者，望表而知里，扪毛而辨骨，观一事于句中，反三隅于字外。晦之时义，不亦大哉！"董仲舒《春秋繁露·精华》的"《诗》无达诂"，虽言读诗而非作诗，推崇言约而旨丰之意，自在其中。陆机《文赋》的"立片言而居要"，意思就是作文如织网，纲举目张，而为纲则须言简意赅。刘勰《文心雕龙》之《物色》："诗人感物，联类不穷，流连万象之际，沉吟视听之区；写气图貌，既随物以婉转；属采附声，亦与心而徘徊。……皎日嘒星，一言穷理；参差沃若，两字穷形。并以少总多，情貌无遗矣。"与《总术》："乘一总万，举要治繁"相呼应，拈出"以少总多"之说，之所以有中国文论的"元命题"之称，[41]显然在于其上承《易》学与《老子》"以寡统众"的简易精神，下启唐宋皎然、司空图、欧阳修各种"言近意远"、"言有尽而意无穷"之说。

与之相对应，希腊语、拉丁语、英语等西语文本写作，基于意义假设、

---

41 曹顺庆等，中国古代文论话语[M]，成都：巴蜀书社，2001，156-237。

描绘叙述，词法、句法、语法决定词意、语意、文意，在创作论与风格论层面，就是追求形象逼真、情节逼真、整一合式的效果，由此形成英语等西语文本的写作风格。具体地说，形象逼真、情节逼真、整一合式，是由强调各种文艺要形象逼真，主张通过形式表现心理的色诺芬《回忆录》，强调史诗与戏剧人物性格逼真、情节逼真、情感逼真，要表现普遍性与相似性，主张作品结构整一的亚里斯多德《诗学》，强调戏剧结构一贯，人物性格、年龄、语言一致，主张表现整体与和谐的贺拉斯《诗艺》，共同奠定的古希腊与古罗马的文艺创作论与风格论。影响所致，从而成为西方文论创作论与风格论的主流见解。

色诺芬《回忆录》第三卷第十章载，苏格拉底虽然在与克莱陀对话，但是，通过其单方面的发问，他对文艺应当追求形象逼真，应当通过形式来表现心理的立场观点，已明白如画："你用什么办法使你的雕像最能吸引观众、使他们觉得神色就像是活的呢？（克莱陀踌躇未答）你是否把敌人的形象吸收到作品里去，才使得作品更逼真呢？""你摹仿活人身体的各部分俯仰屈伸紧张松散这些姿势，才使你所雕刻的形象更真实，更生动，是不是？""把人在各种活动中的情感也描绘出来，是否可以引起观众的快感呢？""那么，你是否应该把搏斗者威胁的眼色和胜利者的兴高采烈的面容描绘出来？""所以一个雕像应该通过形式表现心理活动。"[42]亚里斯多德《诗学》认为：悲剧摹仿要能引起恐惧与怜悯；恐惧与怜悯可借形象与情节来引起，且后者好于前者；人物性格刻画如同情节安排，应当整一，合乎必然律或可然律；情节结构完整而鲜活，显然是史诗与戏剧的共同追求。"诗人就应该向优秀的肖像画家学习；他们画一个人的特殊面貌，求其相似而又比原来的人更美。""诗人在安排情节，用言词把它写出来的时候，应竭力把剧中情景摆在眼前。……被情感支配的人最能使人们相信他们的情感是真实的，因为人们都具有同样的天然倾向，只有最真实的生气或忧愁的人，才能激起人们的愤怒和忧郁。"[43]值得一提的是：亚里斯多德同样强调，状写情景应真实，如在目前，可是，却不追求含不尽之意见于言外。贺拉斯《诗艺》念念不忘的就是一致：戏剧人物的性格、年龄、语言从头到尾一致；结构的开端、中间、结尾一致。由此形成的整体和谐，贺拉斯称之为"合式"。

---

42 转引自伍蠡浦，西方文论选（上卷）[M]，上海：上海译文出版社，1979，10。

43 转引自伍蠡浦，西方文论选（上卷）[M]，上海：上海译文出版社，1979，73-75。

（二）《诗》无达诂与接受理论

汉语文本写作的文约旨博、言近意远、言尽而意无穷，使汉语文本解读的"《诗》无达诂，《易》无达占，《春秋》无达辞"，以及以此为原则的解经学建构成为必然。与之相对应，希腊语、拉丁语、英语等西语文本的形象逼真、情节逼真、整一合式，合乎既定原则，在使西语文本解读以言说者为中心，割裂主旨与文本，令言说者与接受者形成对立，强调文本意义的本义与歧义之分，偏执本义，扫除歧义，避免误解的解经学成为必然的同时，也使反其道而行之，基于作者、作品、读者之分，作者的创作意图、作品的文本意义、读者的感受意义之分，以读者为中心，割断作品与作者的关系将其交给读者，偏执读者接受的文本意义，强调读者对文本意义建构的参与乃至决定地位成为必然。

《诗》无达诂与接受理论，虽然诚如有关学者所说，同样强调语言的暗示性、作品结构的开放性、读者的阐释自由，[44]但是，却属于殊途同归：

第一，《诗》无达诂赋予文本解读以比物连类、举一反三的自由空间。例如《论语·八佾》孔子与子夏师徒对"巧笑倩兮，美目盼兮，素以为绚兮"与绘画技巧、礼仪的连类。比物连类、举一反三，立足作者的创作意图、作品的文本意义、读者的感受意义之公义，从而使三者成为立足公义，意义自足的一枝三花、一藤三瓜、一拍三响。"巧笑倩兮，美目盼兮，素以为绚兮"与绘画技巧、礼仪的公义，就是黑白、素绚、繁简构成和谐之美。而接受理论赋予文本读者以阐释的自由，将作者孤立到作品的文本意义建构之外。且读者的阐释自由正是以作者的创作意图与作品的文本意义的错位为前提。换句话说，接受理论刻意突出与强调作者的创作意图、作品的文本意义、读者的感受意义的错位。

第二，《诗》无达诂的意义生成，立足于汉语的一字双训、一语双关、一名三义、一文三读的文本意义的多元性，成就于解读者的文化修养与生活见识乃至悟性。也就是说，文本解读的路径，就是循着文本公义所提供的方向，去追寻其多元意义，其结果也必然不能脱离公义。例如《毛诗序》解读《关雎》的"后妃之德"说，就是立足《关雎》和谐求偶之公义的解读：后妃之德，就是雎鸠求偶雌性的用情专一；反之，也可以说《关雎》乃"刘兰芝之

44 张隆溪，诗无达诂[J]，文艺研究，1983，（4）。

德"。《关雎》的淑女属于公义之比物连类，可指《孔雀东南飞》刘兰芝，也可指文王后妃，如同问美女，答曰西施，或答曰罗敷。其中的道理，显然已为前文所述的费诺罗萨所认识，王弼《易略例·明象》强调"触类可忘其象，合义可为其征"的意义，也正在此。虽然意义多元共生的文本，为解读者提供宝山，能否入宝山之门径，寻找到多少宝藏，还要看解读者的文化修养与生活见识乃至悟性。例如许多人同读《春秋》与《左传》，无不用功，而总结出"《春秋》笔法"者唯有杜预。又例如凡孔子弟子均随其学《诗》，而孔子许之可以与之言诗者，却只有子夏、子贡等几个人。而接受理论的文本解读意义建构却取决于文本结构，意义建构的门径，就是对文本结构的解读，乃至解构与重构，其中的解读技巧与程序性得到突出与强调。

第四节　以人说我与以我说人

综上所述，立象尽意、依经立义、比物连类的汉语，以及由其书写的汉语文本的表述，最终又体现为以非我的话语言说自我，彰人显己，通过彰显他者实现自我彰显，互证互释，屈己从人，通过以他者为中心实现自我中心，互为中心。与之相对应，意义假设、归纳演绎、描绘叙述的西语，以及由其书写的西语文本的表述，最终又体现为以自我的话语言说非我，彰显自我，自我中心。

如前文所述，作为中西文化话语，以非我的话语言说自我与以自我的话语言说非我的话语模式，包括三个层次或三个步骤：首先是以自我看待非我与以非我看待自我；然后是以非我证释自我与以自我证释非我；最后才是以非我言说自我与以自我言说非我。三者之分，不过是为了"体"的认识与言说的方便，其"用"则密不可分。我们说以非我看待自我或以自我看待非我，便同时意味着以非我证释自我、以非我言说自我或以自我证释非我、以自我言说非我；我们说以非我言说自我或以自我言说非我，其它相关的两个层面也自在其中。

汉语所说的以人观我、证我、说我与以我观人、证人、说人，一语双关，一拍三响，基于天人物我合一的认知模式，其中的"人"，作为相对自我的"非我"、"他者"：一方面，既是指对方，也包括第三者；另一方面，既是指人类，也包括神鬼与自然之物。推而广之，进而体现为引入第三者的以人观我、证我、说我，以人观人、证人、说人，以物观物、证物、说物，以他者言说他者，由此形成三元立局结构。显然，作为三元立局结构，引入第三者的以他者言说他者的意义，并不为以非我的话语言说自我本身所具有，也不为希腊语、拉丁语、英语等西语所具有，只是汉语以人说我所具有的意义。也就是说，作为中国文化话语的以人说我与以物说人，就是包括以人说人、以物说物，三元立局结构，引入第三者的以非我的话语言说自我。与之相对应的西方文化话语的以我说人、以人说物，则属于二元立局结构而第三者缺失的以自我的话语言说非我。其实，三元立局结构与二元立局结构，引入第三者与第三者缺失，正是中西文化话语模式的本质性差异之一。分层次叙述如下：

一、以人观我与以我观人

所谓"以人观我"，就是指以非我看待自我。具体地说，就是以他者的视角、立场、原则、方法、理念，或是以他者为参照，看待自我，突出他者。反之，以自我看待他者，以自我的视角、立场、原则、方法、理念，或是以自我为尺度，看待他者，彰显自我，谓之"以我观人"。如上所述，这里的汉语"非我"，包括人、物、神、鬼等第三者，从而使以人观我涵盖以物观我与以人观人，以物观人涵盖以物观物。使以物观人、以物观物，一语两边：一是指以自然万物的视角、立场，或是以自然万物为参照，看待人类；以甲事物的视角、立场，或是以甲事物为参照，看待乙事物。二是指以自然万物的形态、特性、规律，看待人类；以甲事物的形态、特性、规律，看待乙事物。

（一）以人观我、以人观人与以我观人

《论语·里仁》："子曰：'不患无位，患所以立；不患莫己知，求为可知也。'"这里的不患莫己知，求为可知也，虽然本意是不担心别人不了解自己的能力与作为，更重要的是拥有可供别人了解与别人希望了解的能力与作为；但是，以人观我的思想自在其中，重视他人看人待事的视角、原则、立场的意思自在其中。《墨子·非攻》："古者有语曰：'君子不镜于水，而镜于人。镜于水，见面之容；镜于人，则知吉与凶。'"一语双关：一是自己的吉凶取决于对他人的认识。与好人为伍，则容易得到帮助；与恶人为邻，则容易招致灾祸。二是他人的吉凶是自己的前车之鉴。避开他人招凶受害的处境、经历、作为、思想；追求他人获取吉利的相关条件。《新唐书·列传·魏征》载，历史上著名诤臣魏征死，唐太宗李世民哀叹："以铜为鉴，可正衣冠；以史为鉴，

可知兴替；以人为鉴，可明得失。朕尝保此三鉴，内防己过。今魏征逝，一鉴亡矣。"李世民与魏征君臣，以纳谏与敢谏闻名于史，前者的纳谏自然是以后者的视角、原则、方法、理念观照、看待问题乃至自我。由此形成中国人习惯以人观我的认知传统。

体现在言说方式上，例如：汉乐府《陌上桑》的采桑女秦罗敷之美，不是由诗人直接描绘叙述，而是由惊艳于秦罗敷之美的下担捋髭须行者，脱帽着绡头少年，忘其犁耕者，忘其锄锄者，五马立踟蹰使君等人眼中与行为见出。《红楼梦》可谓以人观人的典范之作：一方面，人物主角的形象定格，不是由作者以我观人，直接描绘叙述，而是通过相关人物的观感写出。贾宝玉、王熙凤、林黛玉、薛宝钗四位主角，最先出场的是林黛玉，其形象要等到宝黛初会时，由相互观感见出；最先进行形象刻画的是王熙凤，其形象由林黛玉的观感见出；最后进行形象刻画的是薛宝钗，由贾宝玉的观感见出。另一方面，作者不对人物进行以我观人的性格定位与评判，人物性格及其评判由相关人物道出；作者的倾向性暗含于相关叙述而非立场先设。例如通过贾宝玉的跟班小厮兴儿之口，道出王熙凤的泼辣，林黛玉的柔弱，薛宝钗的娇嫩；通过傅家婆子之口，道出贾宝玉的没刚柔；通过世人的眼光，看出贾宝玉的纨袴面目，通过贾雨村之口，道出贾宝玉何以成为情痴情种，通过警幻仙姑之口，给出贾宝玉乃为闺阁增光而见弃于世道的天下古今第一淫人的断语。《水浒传》作者对宋江这位自称替天行道的忠义之士、江湖草莽英雄、上界待罪天星的人生断语，同样不是直接描绘叙述，而是由三位相关人物共同给出，且属于暗示。一是传达并执行上帝旨意的九天玄女，告知宋江乃上界待罪天星的来历，要宋江致力于扰乱乾坤，乱中施治，除暴安良，重整下界秩序，待功德圆满，重归上界。当其执行上帝旨意时，九天玄女随时暗中护佑；反之，当九天玄女不再出现在宋江打方腊及其之后的危机关头时，意味着宋江的行为已经违背上帝旨意。二是知天命而通玄机的罗真人，也明确警告宋江，只管替天行道而不可贪恋功名富贵，要知进退，否则没有好下场。当宋江执行上帝旨意，扰乱乾坤，除暴安良时，罗真人成全弟子公孙胜对宋江的追随；当公孙胜被师父召回时，意味着宋江在罗真人看来已步入歧途。三是知因果而通天机的智真长老，以偈语警告打方腊时的宋江，回头是岸，贪图功名富贵，必无好下场。结果，贪图功名的宋江被奸臣毒死后，由吴用等葬于梁山泊名为蓼儿洼的山沟，且不说官复原职，就是连天界都没能返回，从而成为下界的孤魂野鬼。

显然，以非我看待自我的认知模式为西方文化所缺失。从而使其以人观人的文学言说方式成为缺失。例如：表面上看，《伊利亚特》对美女海伦之美及其爱情的表现，与《红楼梦》对美女林黛玉之美及其爱情表现，似曾相识：第一，海伦的美丽，由其宙斯之女的血统，尤其是爱与美女神阿芙洛狄忒为得到"金苹果"，承诺让帕里斯得到天下最漂亮的女人的承诺可见；林黛玉之美，由其作为西方灵河岸三生石畔的绛珠草所修成的女体的来历，以及其作为太虚幻境仙女的身份可见。第二，如果说帕里斯对海伦的痴迷，属于情人眼里出西施，那么，特洛伊国王与人民等，凡是见到海伦者，莫不为其美貌所打动，足见其美丽；如果说贾宝玉衷情林黛玉，属于赤瑕宫神瑛侍者与绛珠草之间仙界情缘的人间表现，那么，能够见到林黛玉的贾府上下人等，莫不承认黛玉之美，足见其美丽；第三，海伦与帕里斯之爱，虽然缘于三女神争夺金苹果，由爱与美女神安排，但是，帕里斯抢夺斯巴达王后海伦，属于第三者插足；宝黛爱情，虽然由茫茫大士、渺渺真人、警幻仙子共同促成，属于仙界"灌溉—还泪"情缘的现实版，然而，贾宝玉作为"通灵石"克隆神瑛侍者甄宝玉而来的化身，同样有第三者插足之嫌。其实，《伊利亚特》对美女海伦之美及其爱情的表现，不过是如今所谓烘托手法，并非如同《红楼梦》引入第三者的以人观我、以人观人。因为《伊利亚特》对海伦之美及其与帕里斯爱情的定位是既定的，来自于神，不存在异议，一切都命中注定，作者的态度即是对神旨的认同。从而消解了神相对于作者的第三者角色，淡化了海伦与帕里斯的责任，强化了特洛伊战争的悲剧性，一切都是神的安排，海伦、帕里斯以及特洛伊人都是被支配的无辜受害者。总之，《伊利亚特》属于一元视角，那就是神的视角，也是作者的视角，作者就是神旨的宣扬与表现者即传播媒介。换句话说，虽然海伦之美由他人眼里见出，海伦与帕里斯的爱情评价，也由他人给出，均非作者叙述，因为由神定调从而体现为作者的以我观人。《红楼梦》则不同：林黛玉之美及其与贾宝玉爱情的定位是多元的：神仙有神仙的看法，世俗有世俗的看法，男性有男性的看法，女性有女性的看法，势利者有势利者的看法，知音有知音的看法，同情者有同情者的看法，妒忌者有妒忌者的看法，多元并存，不衷于一是，不定于一尊。虽然作者的倾向性体现为对警幻仙子态度的认同，但是，仅仅是个倾向而已，并不能因此而消解贾宝玉与林黛玉作为凡人，前者的软弱逃避、缺乏担当，性情固执，后者的体弱多病（且不论是肉体还是精神）、尖刻多疑等种种不足，不能因此而淡化宝黛爱情悲剧的自身原因。

（二）以物观人、以物观物与以人观物

《庄子·齐物论》："毛嫱、丽姬，人之所美也，鱼见之深入，鸟见之高飞，麋鹿见之决骤。四者孰知天下之正色哉？"意谓在动物视阈，人类之美者属于自以为美。这是典型的以物观人。明代汤显祖《牡丹亭·惊梦》："不提防沉鱼落雁鸟惊喧，则怕的羞花闭月花愁颤"等，虽然反用庄子之意，但是，其以物观人的言说方式未变，以"沉鱼落雁"形容令鱼与雁都感到震惊的人类美貌。"羞花闭月"又作"闭月羞花"，意谓令花与月都感动震惊的人类美貌，例如元代王实甫《西厢记》："则为你闭月羞花貌，少不得剪草除根大小。"从而形成评书等民间文艺，以物观人、以物观物的赞美套语，例如"人见不走，鸟见不飞"，"眉若柳叶，口若樱桃，面若满月，指若竹笋，腰若杨柳"，"面如桃花，冷若冰霜"等。

《庄子·齐物论》"鱼沉鸟飞"的以物观人，也正是不以人害物的以物观物。即不以人的视角去诠释动物的表现与习性，而是以动物的视角去诠释动物的表现与习性。基于这种话语模式，《山海经》、《穆天子传》、《神仙传》、《神仙记》、《十洲记》等中国神话传说乃至仙话传说中由自然之物生成的自然神鬼、精怪，例如山神、河神、风伯、雨师、水鬼、旱鬼、羊精、狐狸精等，通常都保持着自然动物的形态特征与习性，具有变化的本领，在与人类相处时，便变化成人形，后世神怪小说例如《封神演义》、《西游记》、清蒲松龄《聊斋志异》等，也莫不如此，由于众所周知而不必细说。

如前文所述，在古希腊神话传说中，与其说是神以自己为模范，创造了人类，例不如说是创造神话传说的古希腊人，以自己为模范，创造了诸神。诸神作为自然万物的主宰，拥有利用自然万物的权力，享有自然万物的能量，例如太阳神阿波罗对太阳能量的拥有，海洋神波塞冬对海洋能量的拥有，但是，他们却另类于自然万物，并不具有自然万物的形态特征与习性，例如宙斯经常化作各种动物乃至自然物形象与凡人女子偷情，那不过是他在参加化妆晚会，从而使古希腊神话传说成为以人观神的产物。各种自然形态的精怪，原来并非全部为自然万物所化，而是出于贬低的目的，以显示这种精怪低人类一等而低诸神两等，他们当中包括地母盖娅的后代与黑夜女神尼克斯的后代等，详见后文。后世西方文学中的自然万物，莫不出于作家的观感，根据人类的视角加以描绘叙述。

二、以人证我与以我证人

所谓"以人证我"，就是指以非我证释自我。具体地说，就是以他者为参照系或榜样，求证自我，为自我定位。反之，以自我为参照系或榜样，求证他者，为非我定位，谓之"以我证人"。如上所述，汉语"非我"，包括人、物、神、鬼等第三者，从而使以人证我涵盖以物证我与以人证人，以物证人涵盖以物证物。

如上所述，《红楼梦》与《伊利亚特》等中西文学的以人观我与以我观人，必将导致以人证我与以我证人，不必重复。因为中西文化关于姓名、称谓、地名的意义生成与表述，日常交流中的人际关系处理，能够更好地体现其以人证我、以人证人、以物证人、以物证物与以我证人、以人证物的不同话语模式。分别叙述如下：

（一）以人证我、以人证人与以我证人

中国文化以人证我，以人证人的话语模式，首先是尊人以自尊，显人以自显。通过尊重与彰显他人的人格、地位与价值，实现他人对自我人格、地位与价值的尊重与彰显。因为只有懂得尊重与彰显他人的人，才会赢利他人的尊重与彰显。所以说，尊重与彰显他人就是尊重与彰显自己。其典型表现就是颂扬他人而贬抑自己的谦逊称谓。传统的中国人在相互交往时，除了父母与先生等长辈对子女与学生等晚辈，或平辈的同事、朋友、邻居之间，或公事公办时，可以相互呼唤姓名或直呼姓名，其它交往，包括工作交往、家庭生活、夫妻对话、男女情话等，都尽量避免指名道姓，否则，便会被理解为有意拉开双方的情感距离，甚至拒人于千里之外，直至被视为不敬。尤其是子女对父母，学生对先生，晚辈对长辈，民众对官员，下属对长官，普通大臣对王侯公卿等在下者对在上者，直呼姓名会被视为非礼非法，轻则会被责怪，重则要受到严惩。通常是：在下者面对在上者，子女称父母为父亲母亲，称父母的兄弟姐妹为伯叔姑姨；学生称老师为先生；民众对官员，下级官员对上级官员，要以其担任的相应官职加上大人相称，例如府台大人、丞相大人，或通称官位、老爷，而民众对官员则要自称草民，下级对上级要自称下官；即使是邻居也以伯叔姑姨相称。平辈人之间，例如情人夫妻之间，有钱有势有身份者或称官人与夫人，平民或称郎与妹、孩子他爹与孩子他妈，哥哥与

妹妹则是通称；即使是邻居也以兄弟姐妹相称。在上者面对在下者，父母、伯叔、姑姨、先生，以父母、伯叔、姑姨、先生自称；官员对民众，上级官员对下级官员，均以本官自称而不自加官职封号；邻居也以爷奶、伯叔、姑姨自称。在口头语与书面语中，传统中国人为了抬举他人，贬抑自己，以表示对他人的尊重与自己的谦逊，通常还习惯以敝人、贱姓、愚兄（弟），拜读、领教等自称谦称，而尊称他人、对方为阁下、足下、贵姓、仁兄（弟）、贤兄（弟）、兄台、赐（雅、台、惠、英）鉴、钧（金）安等；自称父母、妻子、儿女、徒弟、住处为家父、家母、贱内、拙荆、犬子、犬女、愚徒、陋室、敝居、寒舍，而称他人、对方的父母、妻子、儿子、徒弟、住处为令堂（大人）、令尊（大人）、老爷、夫人、尊（贵）夫人、（贵）公子、（贵）千金、令爱、高足（徒）、尊（贵、华）府；向他人自我介绍时称贱（敝）姓某某，问对方的姓名时称贵姓、尊姓大名或高姓大名等；与他人相见时称久仰、久仰大名、如雷贯耳、真是相见恨晚、三生有幸等。即使是在主动帮助他人时，往往也会说：“能够为你效劳，是我的荣幸！”“有用得着的地方，尽管吩咐！”变主动为被动。

其次是亲人以亲己，通过认同他人实现被他人认同，寻求自我亲和力的扩大化。具体表现有二：一是姓氏香火观念。上承父母祖先，以彰显其根本；外联同宗同族，以扩大其社会地位，下传子孙后代，以延续其精神血统。将个人置身于家族的结果，是使个人的生命与精神得到延续与扩展。其中体现的是个体与群体的关系，使个体的人格、地位与价值扩大为群体的人格、地位与价值。二是认同他者的称谓。传统的中国人，尤其是北方人，习惯称“我们”、“咱们”、“俺们”。具有代表性是在河南省的漯河及周边地区，人们在同他人交谈时，总是以对方的身份来称呼自己的父母兄弟等亲人：说“咱叔”、“咱娘”、“咱兄弟”，或“咱伯”、“咱婶”如何，而不直接说“我爸爸”、“我妈妈”、“我兄弟”如何。这不仅是一种拉近自我与他人之间的情感距离的交流与对话，而且是一种以天下人为亲人的对话与交流方式。以人证我，以人证人的话语模式体现在古典文献中，那就是《晏子春秋》：晏婴出使楚国，楚王为难为他，便让人冒充偷牛的齐国人，晏子答应对以历史上有名的套语：橘生淮南则为橘，橘生淮北则为枳，一方水土养一方人。意思是：齐国人本来不好偷东西，是到了好偷东西的楚国，近墨者黑，所以才会偷牛。楚王又问：齐国有多少像他晏婴这样的人？晏子以在齐国比自己高明的人不计其数，自己只不过是个平常人来应对。晏子对以人证我的话语模式的运用，显而易见。

与之相对应，西方人的称谓，则基于对独立、平等、自由的追求而体现为以我证人的话语模式。具体表现有四：一是出于对独立、自由、平等与自我的突出与强调，自我与他人交往，无论是父母对子女，老师对学生，上级对下级，长辈对晚辈，还是兄弟姐妹之间，同事同学之间，朋友邻居之间，在非工作交往中，都通行以姓名相称，乃至直呼其名，至少是可以如此。这是尊重他人的独立、自由，向他人表示平等的表现。二是在与上述相反的情况下，即使是下级对上级，子女对父母，学生对先生，晚辈对长辈，在需要使用自称时，也是多直接自报姓名，而无须故意表示谦卑逊让。这是坚持自己的独立、自由，向他人表示平等的表现。三是为了表示和表现自我与他人之间的亲近和亲情，拉近距离，消除隔膜，建立信任，在非正式场合，通常选择依旧不失独立、平等、自由与自我中心的呢称方式。四是习惯称"我"或"我与你"、"我与他"，或"我与你们"、"我与他们"，以示自己与他人、群体的区别；在与其他民族人员交谈、对话时，也难得主动放弃自己的言说习惯而改用他人的言说习惯。因为这本身就是西方人的民族习惯。在自我与他人之间相互帮助时，通常会说："我能为你做点什么吗？"请求他人帮助时则会说："能够请你帮助我一下吗？"行为的主体、客体，主动与被动，清清楚楚，毫不含糊。

（二）以物证人、以物证物与以人证物

中国文化以物证人，以物证物的话语模式，最为直接的表现，就是以动物、植物、山水、土石、气候、建筑、器物等为姓氏，为名号，为乳名。动物姓氏例如：龙、凤、鱼、禽、马、牛、羊等；植物姓氏例如：苗、花、叶、林、柳、柏、桑等；山水姓氏例如：岑、山、谷、丘、江、河、汤等；土石姓氏例如：土、石、沙、金、银、路、田等，气候姓氏例如：风、雷、云、冷、雪、晴、阳等；建筑姓氏例如东郭、西门、南宫、屋、房等；器物姓氏例如：陶、管、衣、钟、符、车、舟等。孔子名丘是拿地名作名字；杜甫因曾经居住长安城南少陵西，故以少陵野老自称，人称杜少陵；韦应物因曾任职苏州刺史，人称韦苏州；唐代诗人白居易晚年居香山，便以香山居士自称；柳宗元因为是河东解人，世称柳河东；明代"前七子"何信阳、李空同，就是信阳人何景明与空同人李梦阳。如此等等，拿生长之地或为官之地作名号自称与互称，

可谓唐代及其以后传统中国文人的习惯；而拿动植物作名字，尤其是乳名，则是传统中国人的普通习惯。这种习惯之中，凸显传统中国人与天地、山水、动物、植物比德的观念。如《论语·颜渊》所说："季康子问政于孔子曰：'如杀无道，以就有道，何如？'孔子对曰：'子为政，焉用杀？子欲善而民善矣。君子之德风，小人之德草，草上之风，必偃'"，即以风草之性及其相互关系与人比德。早在先秦，中国人便以玉器作为礼器、佩饰，等级、地位象征，便是基于君子温润如玉，与玉比德的观念，《三字经》则有"玉不琢，不成器；人不学，不知义"之说；梅兰竹菊的"四君子"之说，同样属于"比德说"；普通民众常以猪马牛羊狗等被认为是平凡低贱的动物作乳名，所谓贱名好养，即是取平凡低贱动物之生命力旺盛顽强的寓意。

与之相对应，西方文化以人证物的话语模式，最为直接的表现，就是习惯拿人的姓名命名动物、植物、地方、建筑、文明创造与发现等。与中国既以高贵、神圣之物为名字，也以平凡之物为名字不同，西方人主要倾向以高贵、神圣之物为名字，取其神圣、庄严、威力、美好之意，或以圣徒、英雄的名字，例如约翰、亚历山大等为名字。中国读者不难了解的事例例如：以人名为动物命名，当下的西方宠物差不多都有一个人名；以人名为植物命名，尤其是为植物学家新发现的植物品种命名；以人名为天体自然现象命名；以人名，主要是英雄的名字为城市命名，亚历山大城、华盛顿市、列宁格勒都在其中；以人名为各种建筑命名等。仅以亚历山大为例：马其顿帝国又称亚历山大帝国；埃及有亚历山大城，亚历山大城又有亚历山大港与亚历山大大学等；美国阿拉斯加东南有亚历山大群岛；罗马帝国时期有亚历山大学派等。这种习惯之中，凸显西方人移情于自然，以人类作为自然万物之中心与楷模的移情观念。

三、以人说我与以我说人

所谓"以人说我"，就是指以非我事物及其故事言说自我，通过言说他者达成自我的意愿，以自然事物及其故事言说人类，通过言说自然及其故事达成人类的意愿。反之，以自我的意愿与故事演绎他者的意愿与故事，以人类的意愿与故事演绎自然的意愿与故事，谓之"以我说人"。

中国文化话语模式的立象尽意、依经立义、比物连类，显然都属于以人说我、借彼说此。集中体现于神话传说，那就是借鬼神与自然表达人类意愿；

集中体现于文学，那就是借鬼神与自然言说人性、人情、人事；集中体现于社会学，那就是借古说今、以古观今、推古及今，拿古代人视角、方法、理论评论现代人的言说、作为、理论建构，以至于仁政德治的观念，在现代中国尊重传统文化者哪里至今不废。与之相对应，西方文化话语模式的意义假设、文本成义、描绘叙述，都属于以我说人、以此说彼。因为若是追问：谁在假设与叙述？自然是我在假设与叙述，根据什么来假设与叙述？自然是根据自我的意愿，或对他者的解读来假设与叙述。集中体现于神话传说，那就是以人类意愿推想鬼神与自然意志，以人事言说鬼神与自然；集中体现于文学，那就是以人性、人情、人事言说鬼神与自然；集中体现于政治，那就是依今说古、推己及人、由我读人，拿现代人视角、方法、理论评论古代人的言说、作为、理论建构，影响之下，以至于现代中国有古人没有某某主义思想的所谓"历史局限性"之说，成为"十年文革"与"后文革时代"大学文史哲教科书及其相关著作的套话。[45]

（一）中西神话的以人说我与以我说人

如前文所述，中国神话传说借鬼神与自然表达人类意愿的事例例如：伏羲、神农、黄帝、少暤、颛顼等"十神圣"，即华夏始祖感自然神物而受孕的神话传说，意在说明"十神圣"始祖乃天生而神；刘邦及其亲人与亲信摹仿"十神圣"感孕神话而编造刘媪与龙交神话，其自我神化的意愿更是昭然若揭。《吴越春秋》等载文种向越王勾践献《王霸九术》，头条即敬天祭鬼，可谓一石二鸟：越国乃战败之国，勾践乃亡国之君，其群众威信受到考验，借助"鬼神"之说，可增加其号令的威力，由此培养勾践的个人威信。文种与范蠡效力越国，属于楚人事越，无从取信，而勾践又多疑，文种与范蠡借助"鬼神"之说，首先可以令勾践虽疑而不得不听从文种与范蠡之言。正是基于借鬼神达成人类意愿的鬼神观念，中国的普通民众，无论是有神论者还是无神论者，多数人都相信：鬼神之事，信则有，不信则无；祭神如神在，可祭可不祭。言外之意，你若想拿鬼神说事，那么，不妨信奉鬼神；若不想借重鬼神以实现心愿，便可置之不理。这也正是佛教未传中国之前，中国无宗教的原因；

---

45 1966-1976 年的"十年文革"，虽然被 1981 年 6 月的《关于建国以来党的若干历史问题的决议》彻底否定，但是，作为文革流毒，以有组织、有计划、有预谋地整人乃至思想改造为核心的相关思想及其行为，直到二十世纪九十年代，还不同程度地反反复复地存在，为此，我们称这个段时间为"后文革时代"。

这同样是"佛教中国化的禅宗"及其"修佛即修心"之说的成因。

西方神话传说以人心推想鬼神与自然，以人事言鬼神与自然的事例例如：古希腊神话传说的母子相婚，兄妹乱伦，被认为是人类蒙昧时代亲族关系的反映；权力争夺之胜负最初取决于女神的作用，宙斯称王后享有至高无上的权力，被认为是母权制过渡到父权制的反映。奥林匹斯山诸神有着人类的七情六欲、喜怒哀乐；如同人类，争风吃醋，争胜斗狠，幽会偷情，宴饮享乐，屡生事端，挑起战争；神权建构如同世俗政权的奴隶制民主制城邦建构。总之，古希腊神话传说体现了强烈的人化色彩，甚至有"人本主义"之说。柏拉图坚决要将荷马与赫西俄德请出理想国，原因就是他们把神写成了人，尤其不该让诸神具有人类的缺陷，从而未能成为善的因，因此不利于理想国保卫者的教育。对此，《理想国》指出：赫西俄德《神谱》与荷马史诗"应该指责的最严重的毛病是说谎"。"第一个就是赫西俄德所讲的乌剌诺斯所干的事，以及他的儿子克洛诺斯报复他的情形，这就是诗人对于一位最高的尊神说了一个最大的谎……。关于乌剌诺斯的行为以及他从他儿子那方面所得到的祸害，纵然是真的"，也不应讲给儿童听。"我们还要严格禁止神和神战争，神和神搏斗，神谋害神之类的故事。……赫拉被儿子捆绑，赫淮斯托斯被父亲从天上抛下来，因为他母亲挨打，他设法护卫他之类的故事，以及荷马所说的神与神打仗的故事，无论它们是不是寓言的，都一律不准进我们的城邦来。"[46]

两相比较，之所以说中国神话传说是以人说我，而古希腊神话传说是以我说人，其根本的区别就在于：华夏之神是对自然的摹仿，其神性属于自然属性，无论是形体，还是行为、生活，以及品性。"十神圣"之母感生"十神圣"的对象，例如龙、电、星、虹之类，没有一种属于人类；"十神圣"也多数具有自然之物的特征，例如龙颜、牛首、蛇身之类，不具有动物特性的尧与舜，至少具有异形。作为天神的"十神圣"，显然不再过人类的生活，例如辛苦劳作、吃喝玩乐、交朋结友之类。古希腊之神属于对人类的模仿，其如上所述的神性属于人性，长着人类的形体，过着人类的生活，享乐宴饮，幽会偷情，争风吃醋。

（二）中西文学的以人说我与以我说人

中国文学借鬼神与自然言说人事的事例例如：唐张鷟著唐传奇《游仙窟》

---

46 [古希腊]柏拉图，文艺对话集[M]，北京：人民文学出版社，1983，23-24。

的人仙情未了，实际上是作者逛妓院的经历。唐沈既济著《枕中记》以蚂蚁书写人事。《西游记》以石猴孙悟空追求独立、自由、平等的经历，寄托传统中国人对独立、自由、平等的追求。《红楼梦》通过仙界的美好恋情在人间的不幸遭遇，写人间爱情的艰难。《封神演义》中师出鸿钧老祖的截教通天教主及其门下，遭受同门阐教老子、元始天尊及其门下与西教接引、准提的联合打压，正是人间政治借助建构与维护正义的平台，党同伐异、恃强凌弱的反映。因此说，借彼说此、借鬼神与自然言说人事的中国文学，没有西方化的浪漫主义。

西方文学以人性、人情、人事言说鬼神与自然事例例如：西方文学的神话题材作品，都属于以人性、人情、人事言说鬼神与自然，不必细说。自从宗教文学将神话传说取而代之之后，西方神魔文学便以宗教文学的面目出现。如前文所述，宗教根源于下层民众谋求话语权与政治权力的意愿，从而使宗教文学的神魔与自然，成为人类情感的投射物，失去独立的品格。寄托但丁对青年时代所倾慕的情人贝亚德不幸早逝的思念，及其为教皇迫害而被迫流亡的感怀的《神曲》，据作者《致斯加拉大亲王》说："仅从字面意义论，全部作品的主题是'亡灵的境遇'，不需要特别的说明，因为作品的整个发展都是围绕它而进行的。但是如果从寓言意义上看，则其主题是人，人们在运用其自由选择的意志时，由于他们的善行或恶行，将得到善报或恶报。""目的就是要使得生活在这一世界的人们摆脱悲惨的境遇，把他们引导到幸福的境地。"[47]所谓的地狱、炼狱、天堂，不过是诗人对人世间、自然界乃至神话传说与历史及其人物故事，予以解构之后的想象重构。换句话说，人世间、自然界乃至神话传说与历史及其人物故事，不过是但丁建构心中的地狱、炼狱、天堂的材料。如果说《神曲》贬低的对象，主要是坏人而非魔鬼与自然界的动物，那么，歌德根据德国十六世纪的民间传说写成的《浮士德》，则将化身黑犬的魔鬼梅非斯特，置于永远正确的上帝与善良而需要帮助的人类的对立面，成为恶的代表；以海滨为代表的自然界也成为浮士德所代表的人类的征服对象。事例无须多举，总之，在西方文学中，动物与妖魔精怪通常是恶者多于善者，而妖魔精怪通常又拥有动物等自然界的形体与品性，往往被用来作为坏人的化身。然而，这不过是西方文学以人为中心所作出的关于人类、

---

47 转引自伍蠡浦，西方文论选（上卷）[M]，上海：上海译文出版社，1979，160、162。

自然、社会极尽想象的言说与书写，这种用于调和现实矛盾之想象言说与书写或者言说与书写想象，则被冠之以浪漫主义之名。

两相比较，之所以说中国文学没有西方化的单纯言说与书写想象的浪漫主义文学，比较所谓中国的浪漫主义文学经典，表现天国游历的《离骚》与亡灵境遇的《神曲》可知：首先，《离骚》的神鬼、自然与历史，都具有不依附于诗人的独立品格，不为诗人的意志所转移，诗人反过来以神鬼、动物、植物言说自我，与神鬼自然比德，借历史言说现在；《神曲》的神鬼、自然与历史，则成为诗人情感意志的投射物，被诗人给予善恶定位，历史及其人物故事被诗人予以重新组织、重新评价。具体地说，若是按照《神曲》的浪漫主义思路，《离骚》中的诸神应当成为诗人意愿也即是正义的维护者，鬼怪则是奸佞的化身与被惩罚的对象，天国应当成为伸张正义，鞭挞邪恶之地。事实显然并非如此，甚至是恰恰相反：诗人因把守者作梗未能进入天国，且不被女伴乃至国人理解。其次，《离骚》所表现的神话传说人物是华夏民族的集体想象，屈原的引用属于对存在的言说，属于借古说今、借彼说此，而非诗人的想象；《离骚》不过是写诗人拜访天国神灵的失败经历，既未能通过想象建构天国，也未能设想正义原则。《神曲》则不同：天堂、地狱、炼狱，虽然早有其名，具体的内涵，尤其是九重地狱的建制等，全是诗人的想象。如诗人自己所说，《神曲》旨在表现自由意志的选择与对弃恶从善的宣扬。再次，汉代以来，没有人否认《离骚》乃愤懑之作，虽有对天国神灵的想象，也不过是诗人借造访天国的失败，来表现有苦无处诉、有冤无处伸，追求正义、报效国民而不得的苦闷、彷徨、绝望。换句话说，《离骚》有想象但无幻想，更无理想可言。准确地说，《离骚》的想象属于比物连类，连类天国与人间，人间的失意者到了天国，也还是到处碰壁，从而使天国成为人间的延伸。与之不同，《神曲》虽然同样由诗人的不幸遭遇谱写而成，但是，却表现的是植根于心理补偿，被人们称之为用于调和现实矛盾之理想的幻想。诗人试图幻想一个外在于人间的天国、炼狱、地狱，来清算人间的正义与邪恶。

（三）中西政治的以人说我与以我说人

中国古代政治借古说今的事例例如：孔子、孟子对于伏羲、神农与黄帝创建文明，周文王、周武王与周公的礼治德政等，如数家珍，其著作《论语》、《孟子》等借以说明春秋时代的礼乐崩坏与重振礼治德政精神、恢复礼制秩序之必要。与之相反，老子、庄子虽然同样认可伏羲、神农与黄帝的文明创建，周文王、周武王与周公的礼治德政等，但是，其著作《老子》、《庄子》等却意在说明"大道废有仁义；慧智出有大伪；六亲不和有孝慈；国家昏乱有忠臣"（《老子·十八章》），主张华夏政治应当选择无为而治，顺其自然。后世中国政治学说的正面榜样与反面教材相反相成：正面榜样者乃唐尧、虞舜、夏禹、商汤、文王、武王、周公，反面教材者蚩尤、共工、夏桀、商纣、幽王。于是，革命者将革命对象，即当朝的残暴昏庸之君，归类于上述反面教材，表明自己的革命是行天道；当政者以上述正面榜样为榜样，自我归类于礼治德政之君的行列，表明天命在我，或我命在天。专权暴政之下，人不敢言，于是赞尧舜而骂桀纣，借古说今，以表达内心的愤懑与希望。正是基于这种话语模式传统的影响，才有十年文革时期依经立义、借古说今、绑架历史的批林批孔、批儒评法、批周公。

西方政治依今说古、推己及人、由我读人的事例例如：史诗时代古希腊人，围绕神灵、英雄与智者的中心，建构其政治学说；中世纪古罗马人的政治学说建构，则以宗教精神为统帅；文艺复兴欧洲人，又将其政治学说改建在人文主义精神之上；十七、十八世纪欧洲人，政治学说建构的主导精神，进而演变为理性；十九世纪欧洲人的政治学说，又体现为各种社会思潮；二十世纪欧洲人政治学说的兴奋点，又是由追求同一性与世界化的资本主义政治理论、集体主义政治理论、法西斯专制理论共同彰显的世界主义。总之，或是出于理论建构前车之鉴的需要，或是出于理论弘扬的历史解读，在西方政治历史的每个时期，西方人都会根据占据主导地位的时代精神，对历史上的政治做出相应解读。

两相比较，中西政治学说建构之所以有此不同的选择或分别，正是前者遵循立象尽意与依经立义，后者遵循意义假设与归纳演绎的意义建构与解读模式所致。

四、互为中心与自我中心

由上述可知，中国文化的以人观我、以人证我、以人说我的他者中心，属于自我身份的潜隐而非缺失。因为以人观我、以人证我、以人说我者，正是自我，也正是出于自我的需要，不提自我，自我自在其中，从而成为自我中心潜隐的互为中心。西方文化以我观人、以我证人、以我说人，显然属于立足自我的视角、立场、原则的自我中心。二者的分别由现代英语与汉语所谓的人称代词与物主代词，以及基于上述称谓的社会伦理可见：

（一）中西语法的互为中心与自我中心

古汉语人称代词与物主代词的互为中心，具体表现有二：一是你我他，你的、我的、他的，你们的、我们的、他们的，不分男女，不论人与物；也没有第一、第二、第三人称之说。男与女、人与物，互为中心，一视同仁。二是不习惯说突出与强调自我的我你、我你他，而习惯说表示尊重他人的你我、你我他。三是人与人、人与事物、人与行为、我与他人、我与事物、我与行为的所属关系，也就是事物所有格，往往被忽略，以示人与人、人与自然、自我与他者、人类与自然，平等独立，互为中心。

与之相对应，英语人称代词与物主代词无处不体现自我中心：一是对人称代词与物主代词予以性别区分、人与物区分，强调事物的所属关系，从而形成 my/mine（我的），your/yours（你的），his/his（他的），her/hers（她的），its/its（它的）；our/ours（我们的），your/yours（你们的），their/theirs（他们的，她们的，它们的）。强分人称代词为第一、第二、第三。强调人称代词的主格与宾格之分：I/me, we/us（第一人称）；you/you（第二人称）；he/him, she/her, it/it, they/them（第三人称）。无论是物主代词还是人称代词，其中的分别都会导致相应的词汇乃至句型变化。由第三人称复数的词汇共享与对主语的强调，不难看出英语等西语对言说者身份，言说对象与言说者的远近亲疏和所属关系的突出与强调。总之是在强调每篇文章及其每句话都必须围绕其中心展开的同时，强调人与物之中的人类中心，自我与他者之中的自我中心。换句话说，意义假设的英语，突出中心，强调主语，明确事物的所属关系，正是自我中心的表现。原来，其中的逻辑是：谁在说？我在说。谁被说？非我被说。我说故我在！

汉语与英语的上述分别，体现在西方化的现代汉语或是学界所说的欧化文中：一是习惯在同位词之间加"的"字，强调其所属关系；二是每句话必定要有主语，以突出自我，突出中心，尽管可以根据语境而省略主语，或承接前句而省略主语；三是将"我"置于"你"与"他"之前，强调自我中心；四是将"他"字一分为三："他"、"她"、"它"，以示人类男与女之分别，世界人与物之分别，虽然没有明确强调男性对于女性，人类对于自然的主导与中心地位，其无意识机制自在其中，因为这种表达方式生成于"男人一半是女人"的西方男权中心话语。对此，有学者调侃道："'五四'时的作家多半通些外语。他们写'当 XX 时，虽然用文言，还不违反我们的句法。什么时候他们连"时"都去了，就是用了英语里带关联词的 When 的句法了。汉语的同位语中间原不加什么，有人写"豆腐西施的杨二嫂"，他就是用日本语法来打乱汉语口语语法了，"他有一个大鼻子"看似汉语，却非汉语。汉语只说"他大鼻子"，而说"一个人有鼻子"是废话，说"有一个"是更没用的废话。'"[48]

（二）中西基于称谓的社会伦理互为中心与自我中心

中国人以人证我、以人说我、屈己尊人的称谓，通过尊重他人、以他人为中心，赢得他人尊重，实现自我尊重、自我中心，从而成为相互尊重、互为中心。其中的转换机制是：每个人都既是儿女又是父母，作为父母的儿女，也是儿女的父母；每个官员都既是上级又是下级，作为上级的下级，也是下级的上级；每个学生都有可能成为先生；每个人自身既是强者也是弱者，至少是初生与衰老时是弱者，而少壮时是强者。抽象表达即是：每个人既是在上者又是在下者、既是中心又是边缘，或说作为在下者或边缘，有可能成为在上者或中心，反之亦然。于是，一个互为中心的机制由此形成：当你身为学生时，尊重先生，当你成为先生时，也就会受到学生尊重。孔子正是因为坚持依经立义，强调述而不作，以述为作，结果才成就了他自己的圣人先师地位，其后学弟子又以孔子思想为规范，予以发扬光大，最终种瓜得瓜；一个尊重上级的官员同时受到下级尊重，尊重他人与自我尊重，自在其中；善待异乡人者，也会在异乡受到善待，这就意味着，善待他人就是善待自己。反之亦然：儿子不孝敬父母，学生不尊重先生，下级不尊重上级，身在家乡者不善待异乡人，风气所及，当自己成为或身为父母、先生、上级、异乡人时，也必然难得被善待。孔子所谓"君君、臣臣、父父、子子"（《论语·颜渊》），孟子所谓"老吾老，以及人之老；幼吾幼，以及人之幼"（《孟子·梁惠王上》），墨子所谓"交相利"或"交相害"（《墨子·兼爱下》），正是基于互为中心的前提与基础。

西方人的称谓虽然也对他者表示尊重，但是，自己却无须谦卑，其人与人之间独立、自由、平等的关系，言说者的自我中心由此可见。表面上，古希腊人、古罗马人在祀神时，习惯以地方神祇敬奉者自称，基督教徒在礼拜时，

---

48 申小龙，中国语言的结构与人文精神：申小龙文集[M]，北京：光明日报出版社，1988，7。

习惯以上帝信徒自称，现代西方人在书信交往中，习惯自称"你的某某"、"爱你的某某"等，属于由他人中心到互为中心，实则与中国人的屈己尊人，有着本质区别：中国人屈己尊人的表述方式，体现的是相互认同、相反相成的天人物我合一关系；西方文化屈己尊人的表述方式，体现的是自我与他者并非平等所属关系，表面上是抬举神祇与他者，实际却属于自我抬举，因为强调突出中心与主体的西语表达，往往只有一个中心与主体，言说者在表达"我是上帝的信徒"、"爱你的某某"时，突出与强调的是"我是奉献者"、"我在奉献"、"我是爱人者"、"我在爱"、"我在行动"，总之，"我"是主语与主体，"我"是语句的中心词与主体词。我爱故我在！